La Somme de toutes nos larmes

Du même auteur

La Vierge jurée, Les Nouveaux Auteurs, 2021 ; HarperCollins Poche, 2023.

JEAN-CHRISTOPHE BOCCOU

La Somme de toutes nos larmes

Harper Collins
NOIR

HARPERCOLLINS FRANCE
83-85, boulevard Vincent-Auriol, 75646 PARIS CEDEX 13
Tél. : 01 42 16 63 63

www.harpercollins.fr

ISBN 979-1-0339-1417-4 — ISSN 2551-0096

Pour Élisabeth

Pour mes filles, Margaux et Raphaëlle
et pour la petite Livia qui vient de
pointer le bout de son nez

« Être haïtien, c'est naître dans le sang, grandir dans le sang – ou souvent ne pas avoir le temps de grandir – et finir dans une flaque de sang. Être haïtien, c'est attendre sa balle. C'est attendre la balle qui vous dévorera le souffle, où que vous soyez dans le pays. Être haïtien, c'est presser le pas vers l'au-delà. Être haïtien, c'est pleurer, c'est crier. Mais depuis le temps que ça saigne. Mais depuis le temps que ça pleure. Depuis le temps que ça crie… Il faut croire que le sang ne suffit pas. »

JEAN D'AMÉRIQUE,
Libération, 7 juillet 2021

Première partie

Peaux brutes

18° 47' 59" N 72° 49' 35" W

Tout le monde ici m'appelle Lucius. Ne me demandez pas pourquoi, je serais bien en peine de m'en souvenir.

Pourtant, je me souviens de beaucoup de choses. Des choses importantes, comme ce jour où j'ai assisté à la naissance du garçon. Je m'étais caché derrière un sac de blé au fond de la grange. Aujourd'hui encore, il me suffit de fermer les paupières pour revoir leurs visages tannés par ce soleil impossible qui gondole l'horizon au-dessus de la mer des Caraïbes.

C'est ici que je suis né, moi aussi.

Dans ce pays écrasé de colères et noyé dans les ténèbres d'un siècle de sang versé.

Haïti.

Je me souviens du père, de son regard doux, de son sourire soulagé quand le bébé est sorti du ventre de sa mère dans une ferme en ruine posée au bord de l'eau, à l'est de l'île de la Gonâve. La sage-femme qui préparait l'accouchement depuis quelques jours l'a mis au monde sans effort, puis elle l'a attrapé par un pied et lui a sèchement claqué les fesses pour qu'il hurle à la vie.

— C'est un garçon ! elle a crié.

Le père s'est approché, une machette à la main. Il a tranché d'un coup sec le cordon ombilical qui reliait encore son fils à ce refuge doux et chaud au fond duquel il se blotissait depuis des mois.

Le père s'est déshabillé et a porté l'enfant jusqu'à la douche de fortune qu'il avait bricolée dans la cour. Il l'a lavé doucement en le caressant à l'eau tiède avant de le couvrir avec l'une de ses chemises et de le rendre à sa mère. Une brise légère caressait leurs visages et embaumait leurs âmes des parfums du matin.

J'ai vu le père pointer un doigt dans le vent. Il a arqué les sourcils et quelques rides inquiètes ont soudain ourlé son front. Et puis ses traits se sont détendus dans un large sourire édenté.

— Zéphyr. Nous l'appellerons Zéphyr, il a dit.

J'ai profité de leur joie pour me glisser au-dehors et m'en retourner discrètement dans la forêt.

Je ne peux toujours pas l'expliquer, mais j'ai aimé cet enfant dès qu'il est venu au monde et j'ai compris ce jour-là que ma place serait pour toujours auprès de lui.

0

Saint-Mandé, Val-de-Marne
48° 50' 21" N 2° 25' 01" E

Les orgues sombres de l'église se déployaient comme des ailes rompues prêtes à se refermer sur une brassée d'ouailles consentantes.

Zéphyr les haïssait tous.

Il attendait depuis des heures, assis en tailleur au fond d'une chaire cabossée perchée à trois mètres du sol. Les derniers paroissiens quittèrent enfin l'office du soir en grappes bien ordonnées, repus de sermons obscurs et d'incantations stériles. Il les observa un temps puis détourna le regard, lassé du spectacle obscène de leur servitude.

Il patienta encore, le temps que le prêtre referme la lourde porte d'entrée de l'édifice et commence à débarrasser l'autel de ses breloques liturgiques. Zéphyr avait détaillé son visage tout au long du service en caressant le pommeau de sa canne-épée. Daniel Janssen avait vieilli, bien sûr, mais il avait reconnu son regard clair, ses gestes précis pendant l'office, les mots de son prêche, empesés de bienveillance.

Il en avait assez vu.

Il ouvrit son sac à dos et en sortit une poupée de chiffon, un chapeau melon usé jusqu'à la corde et un masque sombre qu'il enfila d'une main, chiffe informe de tissu noir cousue de perles blanches en forme de crâne humain mal dégrossi. Un masque confectionné pour lui par Marinette *Gran Bwa* Dévereaux, prêtresse vaudoue la plus crainte de l'île de la Gonâve. La sœur de son père.

Il ajusta son chapeau sur sa tête puis il enserra le corps de la poupée avant de la propulser vers l'autel d'un geste ample. Le prêtre se retourna et avisa l'objet d'un œil incrédule, alors qu'une silhouette improbable descendait lentement de la chaire en faisant claquer sa canne sur les marches vermoulues. Son visage se décomposa en lambeaux de stupeur quand il comprit soudain ce qui se jouait devant lui. Il s'effondra à genoux sur le sol et se mit à balbutier une prière incompréhensible.

Zéphyr pouvait presque le toucher, à présent.

— Regarde-moi, *padre*.

Le crâne chauve du père Janssen était grêlé de gouttes de sueur qui perlaient sur son front. Il releva enfin la tête et accepta ce qu'il voyait. *Qui* il voyait.

— Tu es… Tu es un *revenan*, souffla-t-il. Je savais que tu avais survécu. Je savais que tu nous retrouverais un jour ou l'autre. Je l'ai toujours su.

Zéphyr ramassa la poupée et sortit de sa poche une fiole de poudre blanche, qu'il lui jeta au visage.

— Je ne suis pas un fantôme. En tout cas, pas celui que tu crois. Tu vas ramasser le flacon et avaler son contenu. Mais avant tu vas me dire où sont les autres.

Les mots de Janssen s'étouffèrent dans une toux grasse et il se mit à pleurer des larmes grossières comme un enfant pris en faute.

— Tout ce que tu voudras… Mais, je t'en supplie, ne me force pas à boire ça… Je ne veux pas que ça m'arrive… Pas à moi !

Zéphyr ne l'écoutait plus. Son regard s'abîma un instant par-delà l'autel où trônait une statue de femme. Le visage de la *Mater dolorosa* était troublé de douleur alors qu'elle serrait dans ses bras son enfant mort au pied d'une croix.

Le visage d'une mère.

Le visage de sa mère.

Un visage aux traits ravagés par la terreur, par ses efforts désespérés pour reprendre son souffle. Les jointures blanchies de ses doigts tentaient de dénouer cette corde de chanvre qui n'en finissait plus de se resserrer autour de son cou. Sa jambe droite se balançait d'avant en arrière dans un mouvement frénétique pour essayer de se maintenir en équilibre sur cette chaise qu'ils avaient posée là. Tout près d'elle. Volontairement. Elle ne tiendrait plus très longtemps.

Et puis il y avait son père, agenouillé à quelques mètres de là et qui observait d'un œil horrifié son épouse luttant pour sa vie.

Il l'aimait tellement.

Son regard était brouillé par la colère et par la peur. Il aurait voulu pouvoir sortir de son corps, se défaire des liens qui entravaient ses mains, ses pieds. Arracher ce pneu qu'ils lui avaient passé autour du cou. Il connaissait ce supplice qu'ils allaient lui infliger. Il savait ce qui l'attendait. *Le coup du Père*

Lebrun. Il se souvenait encore des publicités qui s'affichaient un peu partout sur les murs de Port-au-Prince quand il était enfant. « Le Père Lebrun, fabricant de pneumatiques. » Et du visage de ce petit garçon tout sourire qui regardait à travers un pneu.

L'un des deux hommes qui avaient ligoté le père ouvrit un jerrycan rempli d'essence et le déversa sur sa tête. L'autre gratta une allumette sur le cuir noir de l'étui de son arme et la propulsa dans l'air d'une simple pichenette. Un rugissement de douleur et de rage mêlées s'arracha de sa poitrine embrasée par le collier de feu et fila tout droit vers le ciel bleu caraïbe alors qu'il s'écroulait sur le sol, le nez dans la poussière. Il n'était déjà plus qu'une torche incandescente quand Zéphyr parvint à se défaire de la poigne de l'homme qui le forçait à assister à la mise à mort de son père. Il jeta un regard à sa sœur avant de s'élancer. Nylah. Plus jeune que lui d'une année à peine.

La petite fille était assise sur le sol et hurlait de frayeur en écrasant son visage noyé de larmes dans sa poupée de chiffon. Un autre homme mutique se tenait accroupi près d'elle et faisait tournoyer autour de son index le pontet d'un vieux 38 Smith & Wesson.

Zéphyr se précipita vers sa mère, qui ne bougeait plus depuis quelques minutes. Il ramassa une machette qui traînait sur le sol et se retourna vers les quatre soldats, qui éclatèrent de rire alors qu'il faisait tournoyer la lame rouillée au-dessus de sa tête. La sueur qui gouttait de son front sur ses yeux et le soleil qui explosait dans leur dos l'empêchaient de les distinguer correctement. Il les connaissait déjà, de toute façon. Les Lougawous. C'est comme ça qu'ils s'étaient présentés à lui lors de leur première rencontre. Des Blancs en uniforme qui le forçaient à travailler pour eux depuis plusieurs semaines. Il appuya une main sur sa bouche pour s'empêcher de vomir. L'odeur du corps calciné de son père envahissait tout l'espace. Il le regarda une dernière fois. Amas de chairs brûlées et de caoutchouc en fusion qui se consumaient lentement en volutes saturées.

C'était l'âme de son père qui s'emmêlait dans les branches du flamboyant au feuillage couleur sang. C'était son âme qui s'accrochait au monde des vivants à coups de griffes de fumée et qui refusait de se disperser à jamais dans l'air liquide du matin.

Les Lougawous, eux, avaient cessé de rire. Ils se contentaient d'observer le garçon d'un œil indifférent comme s'il n'était qu'un petit animal inoffensif qui grognait dans un coin. Zéphyr savait qu'il ne pouvait rien contre ces soldats. Il n'avait que onze ans.

Il les défia du regard une dernière fois, puis il se résigna et jeta la machette à ses pieds.

— Je… Je voulais juste aider mes parents à payer un nouveau toit pour la maison, c'est tout.

Les hommes commençaient à s'agacer alors que leur chef relevait Nylah en l'attrapant par les cheveux. Il lui planta le 38 dans les mains, mais le poids de l'arme surprit l'enfant, qui la laissa tomber par terre. Le soldat ramassa le pistolet sans un mot, arma le chien et le repositionna dans les mains de la petite fille, qui bredouillait des mots de panique incompréhensibles.

Accoudé au canon de son fusil d'assaut, un autre soldat alluma une cigarette en beuglant :

— Ho, Kœnig ! C'est bon, on a récupéré la came. Finis-le, qu'on puisse se tirer d'ici. On embarque la gamine, si tu veux. On peut peut-être en tirer quelque chose à Port-au-Prince.

Et puis il y avait le prêtre. Le prêtre qui observait la scène quelques mètres en arrière et psalmodiait en silence, les mains jointes vers le ciel. Il se signa lentement et déclama d'une voix blanche :

— Laissez-moi ces enfants, je vous cède ma part de la drogue.

Kœnig se retourna vers lui.

— On fait comme a dit Dapper, aboya-t-il. La petite, tu la vendras au marché de Fer si ça te chante, *padre*. Elle fera une bonne *restavèk*. Mais, pour ce qui est du garçon, il en sait beaucoup trop.

Il comprima les doigts de Nylah entre ses mains puissantes et força l'index de la petite fille à appuyer sur la queue de détente.

Et puis le temps se fissura.

Zéphyr sentit l'éclair de flamme craché par la gueule noire du 38, la trajectoire hélicoïdale parfaite de la balle quand elle traversa son bras pour finir sa course dans la poitrine de sa mère. Pas un tressaillement de surprise ou de douleur ne parcourut le corps de la femme sans vie. Juste le sifflement mat de l'acier qui s'écrase dans la chair.

Le blast propulsa le petit garçon quelques mètres en arrière. Il roula sur le sol puis se redressa sur un coude et se frotta les yeux de sa main valide, alors qu'un sang poisseux s'écoulait de sa blessure. Il observa, éberlué, la rigole de pourpre ruisselant sur son bras en grosses gouttes, digérées à vue d'œil par la terre battue de la cour de ferme.

Il entendit Nylah qui criait son nom alors qu'un des Lougawous s'emparait d'elle et la chargeait sur son épaule. Il détailla une dernière fois son beau visage déchiré par l'effroi. Elle, si belle, sa petite sœur de dix ans. Elle qui lui ressemblait tellement et qui tendait les bras vers lui en essayant de se dégager de l'étreinte du soldat.

Elle hurla une dernière fois alors que l'homme la précipitait dans le coffre d'un break blanc aux portes siglées de larges lettres noires. ONU.

Zéphyr détourna le regard et observa un instant le prêtre qui cachait son visage entre ses mains, comme s'il n'était pas là. Comme s'il n'y était pour rien.

Le chef des Lougawous ramassa le 38 et s'accroupit près du garçon. Il lui caressa doucement la joue et esquissa un sourire presque désolé.

— Cette fois, c'est la fin de la route, petit cafard.

Kœnig arma le chien de son arme et enfonça le canon dans l'œil droit de Zéphyr avec une précaution infinie. L'enfant ferma les yeux. Le contact du métal sur sa peau lui faisait presque du bien.

Et puis il tira.

La silhouette du père Janssen s'ébrouait en longs sanglots pathétiques dans le silence visqueux qui plombait le cœur de la nef. Il se signait de l'index en gestes saccadés. Du front à la poitrine, puis de l'épaule gauche à l'épaule droite.

Zéphyr soupira de mépris et poussa la fiole vers le vieil homme d'un coup de canne agacé.

— Arrête tes simagrées et avale ça, *padre*. C'est l'heure de mourir.

Janssen tendit une main implorante sans même relever la tête.

— Attends. Je veux juste que tu saches que Nylah est en vie. J'ai quitté l'armée et je suis rentré avec elle en France. J'ai élevé ta sœur comme ma propre fille et…

Zéphyr ne voulait pas s'emporter. Il ne voulait pas que le prêtre ressente cette colère froide qu'exhalaient tous les pores de sa peau. Mais c'est une autre voix que la sienne qui claqua soudain à travers le masque vaudou.

— Ne prononce plus jamais son nom ! À présent, bois. Bois et meurs. Ensuite seulement, je te ramènerai à la vie.

1

Montreuil, France
48° 51' 23" N 2° 25' 29" E

Le gamin étouffa un juron et maudit les nouvelles baskets que lui avait données la vieille Haïtienne. Une en pointure 36, l'autre en 40.

« Tu mettras du papier journal dans la plus grande ! » lui avait-elle dit en riant.

Il avait fait la grimace, mais il se doutait bien que cette vieille qui venait de débarquer dans le quartier n'avait pas les moyens de lui offrir autre chose que des baskets dépareillées achetées pour presque rien sur le marché de la porte de Montreuil.

Il jeta un bref coup d'œil par-dessus son épaule. La femme qui l'avait pris en chasse à la sortie du supermarché était toujours à ses trousses. Grande, la peau noire et le crâne hérissé d'une touffe punk rouge vif à la manière d'un coq de combat. Elle était telle que la vieille l'avait décrite : une déesse furieuse aux jambes interminables et qui courait beaucoup plus vite que lui avec ses petites cannes de serin.

Il coupa sur la gauche et sauta par-dessus la barrière qui délimitait les contours de l'ancienne usine de plâtre que lui avait indiquée la vieille. Les structures rouillées du bâtiment s'étiraient aux quatre coins d'un terrain vague envahi par les herbes folles.

« Tu iras dans le magasin où elle travaille un peu avant la fermeture. Quand tu l'auras repérée, tu voles quelque chose devant elle. Ne vole pas trop gros ! Il faut que tu puisses courir vite. Ensuite, tu te débrouilles pour me la ramener ici. Et ne la sème pas en chemin ! Je dois lui parler, c'est important. »

Plus facile à dire qu'à faire.

L'enfant chuta lourdement et s'abîma les genoux sur les gravats qui affleuraient la végétation. Il se débarrassa de ses baskets et fonça tête baissée vers la cheminée d'usine qui se profilait à cinquante mètres devant lui.

Nylah sauta à son tour la barrière sans même ralentir sa course. Elle ne comprenait pas l'attitude du gamin, qui avait tout fait pour attirer son attention dès son entrée dans le supermarché. Il s'était planté devant elle et avait tranquillement fourré un paquet de bonbons sous son sweat à capuche. Qu'est-ce qui lui avait pris ? La jeune femme détestait avoir à courir après un enfant qui volait. Elle détestait avoir à courir après des gens tout court, mais c'était son boulot. Agent de sécurité dans un supermarché de Montreuil. Elle s'était dit que ce serait temporaire et qu'elle n'aurait pas de problème pour trouver quelque chose de plus lucratif et surtout de plus ambitieux, mais voilà. Le temps avait soufflé sur les saisons et cela faisait déjà trois ans qu'elle courait après des gens pauvres et affamés qui chapardaient pour se nourrir.

Elle leva les yeux vers l'inscription gravée sur une plaque d'acier au fronton de l'usine.

TANT QU'UN HOMME POURRA MOURIR DE FAIM
À LA PORTE D'UN PALAIS, IL N'Y AURA RIEN DE STABLE
DANS LES INSTITUTIONS HUMAINES.

Les mots lui soulevèrent le cœur un bref instant, mais elle reprit sa course de plus belle en apercevant le bonnet difforme du gamin qui s'agitait dans les broussailles. Il courait comme un dératé vers la rue Étienne-Marcel, qu'il traversa en ligne droite sans se soucier de la circulation et des conducteurs qui écrasaient leur klaxon en pilant sur son passage. Nylah était sur ses talons lorsqu'elle le vit disparaître dans une venelle, où elle s'engouffra à son tour jusqu'à un immeuble abandonné qui dominait le fond d'une impasse. Elle observa attentivement les vitres condamnées par des planches qui trouaient çà et là la façade du bâtiment, puis elle alluma la lampe torche de son téléphone portable et s'avança vers l'entrée. Elle enjamba les sacs-poubelles éventrés qui s'amassaient contre la porte et tendit l'oreille vers les étages.

Des bruits de pas précipités résonnèrent au-dessus de sa tête alors qu'elle se ruait dans l'escalier.

L'appartement délabré était plongé dans un curieux clair-obscur ponctué par les lueurs vacillantes d'une dizaine de bougies disposées sur le sol. De larges tentures multicolores paraient les murs de béton et donnaient à la pièce un parfum d'ailleurs. Une atmosphère gorgée de soleil et de souvenirs qui sauta à la gorge de Nylah à mesure que ses sens s'accommodaient à l'ambiance colorée et aux odeurs de cendres et d'épices qui embaumaient les lieux.

Accroupie sur le sol au milieu du salon, une vieille femme fumait sa pipe d'un air concentré, occupée à tracer sur le sol d'étranges figures géométriques. Elle planta son pinceau dans un pot en grès rempli de cendres et leva les yeux vers Nylah.

— Tu n'as aucune idée de ce que je dessine, pas vrai ?

La jeune femme hocha la tête sans répondre, interloquée par cette vieille femme drapée dans une tunique rouge sang et qui s'adressait à elle comme si elles se connaissaient depuis toujours.

— Je dessine un *vèvè*. Le *vèvè* est un symbole dans le culte vaudou. Les symboles que j'ai tracés sur le sol représentent Ogoun Ferraille. C'est une divinité. Un *loa*, comme on dit chez nous. Ogoun Ferraille est le *loa* de la Guerre. C'est pour toi que j'ai tracé ce *vèvè*, petite Nylah.

La jeune femme fit un pas en arrière et buta contre l'enfant, qui se tenait caché derrière la porte.

La vieille pointa le gamin du bout de sa pipe et lui fit signe de disparaître. Nylah eut à peine le temps de se retourner que le petit garçon dévalait quatre à quatre les marches de l'escalier vermoulu.

— Laisse-le filer, siffla-t-elle. C'est moi qui lui ai demandé de voler quelque chose dans le magasin où tu travailles. C'était le seul moyen de t'attirer ici. J'ai beaucoup de choses à te dire et peu de temps pour le faire.

La vieille femme l'invita à s'asseoir devant elle et se mit à fouiller dans un sac plastique, dont elle ressortit un morceau d'étoffe noire.

— Comment connaissez-vous mon nom ?

— Tu t'appelles Nylah Dévereaux. Moi aussi, je porte ce nom. Et, comme toi, je suis née sur l'île de la Gonâve, en Haïti. Je m'appelle Marinette. Je suis une *mambo*, une sorcière vaudoue. Ton père, Anderson, était mon petit frère. Il s'est bien gardé de te révéler mon existence, mais je ne lui en veux pas. Tout le monde avait peur de moi, à cette époque, dans l'est de l'île.

— Je… Je n'ai jamais entendu parler de vous, balbutia Nylah.

La vieille *mambo* secoua la tête en soupirant.

— Et c'est bien normal, 'tite chérie. Je te l'ai dit, les gens là-bas me craignaient, en ce temps-là. Ils me surnommaient Marinette Gran Bwa, Marinette Grand Arbre. Ils pensaient que j'étais la servante d'un *loa* maléfique qui porte ce nom. Ton père aussi y croyait, et c'est pour ça qu'il t'a caché mon existence. J'ai bien connu ton grand frère Zéphyr, par contre. Mais je lui avais fait jurer de ne rien vous dire quand il passait me voir.

— Vous avez connu mon frère ? s'étrangla Nylah, qui sentit les mâchoires acérées du souvenir se refermer sur sa gorge.

Marinette Dévereaux soupira un instant tout en égrenant des perles blanches entre ses doigts minuscules. Elle saisit du fil et une aiguille et commença à en coudre une sur le chiffon noir qu'elle tenait entre les mains.

— C'est un masque rituel, dit-elle, pensivement. C'est pour Zéphyr que je l'ai confectionné quand il était enfant. Je dois me dépêcher de le recoudre avant qu'il n'arrive. Il a du travail, ce soir. Un travail important. Il doit rendre visite à un prêtre.

Nylah écarquilla les yeux.

— Zéphyr ?… Il est en vie ?

La sorcière reposa le masque sur ses genoux et planta ses grands yeux verts dans le regard paniqué de Nylah.

— Est-ce que tu vas m'écouter, à présent, 'tite chérie ? Écoute-moi me souvenir.

Marinette avait patienté longtemps, ce jour-là. Trop longtemps. Le petit garçon lui rendait visite trois fois par semaine depuis des mois sans jamais manquer un de leurs précieux rendez-vous. Elle souriait toujours quand il montrait le bout de son nez au détour du chemin qui bordait la forêt où elle avait construit sa cabane, à l'abri des habitants du village. Ces pauvres gens la détestaient depuis des années et l'accusaient de tous les maux, faute de la connaître vraiment.

Mais Zéphyr n'était pas venu lui rendre visite. Elle avait guetté son arrivée pendant des heures, s'attendant à l'entendre râler sur son mulet qui traînait les sabots, l'échine lestée de lourdes calebasses gorgées d'eau. Cette eau qu'il ramenait à la ferme de ses parents et qu'il tirait d'un trou dans la forêt dont il gardait l'emplacement secret, de peur que d'autres enfants chargés de la même mission ne viennent se servir sur son territoire.

Lassée de s'inquiéter pour l'enfant, la vieille *mambo* avait finalement attrapé sa canne et sa petite ombrelle rouge tissée de fils d'or, puis elle s'était mise en route.

Elle avait marché des heures sous un soleil de plomb qui noircissait le ciel de septembre et faisait se plier l'horizon. Et puis elle l'avait vue. Opaque et tournoyante. Une colonne de fumée épaisse, vibrante de mauvais présages et qui s'enroulait sur elle-même dans une lente sarabande vers le ciel. Elle avait pressé le pas sur le chemin de terre menant à la ferme, ses courtes jambes fatiguées s'emmêlant l'une à l'autre.

Elle avait d'abord aperçu son frère, dont la dépouille n'était plus qu'un amas de chairs consumées. Ensuite le corps chiffonné de sa femme qui se balançait autour d'une corde de chanvre, pendue par le cou et la poitrine déchirée par l'impact d'une balle.

Elle avait baissé les yeux et s'était pris la gorge entre les mains avant de découvrir avec horreur la petite silhouette recroquevillée sur le sol. Zéphyr. Son 'tit ange caramel.

Elle s'était approchée avec précaution et s'était agenouillée auprès de l'enfant. La moitié de son visage n'était plus qu'une boursouflure noircie de poudre et de sang mêlés. Elle l'avait pris dans ses bras et l'avait serré tout contre son cœur, implorant les *loas* de lui rendre le petit garçon. Elle l'avait bercé un long moment avant de ressentir un tressaillement léger contre sa poitrine. Un frisson d'espoir, presque imperceptible.

Marinette contempla le masque rituel et le retourna vers la jeune femme.

— Voilà ! Terminé. Qu'en penses-tu ?

Nylah détailla un instant le bout de tissu noir cousu de perles blanches qui dessinaient un crâne humain aux proportions grossières. La vieille *mambo* reposa le masque sur ses genoux et reprit le pot de terre où elle avait planté son pinceau. Elle huma son contenu avec un sourire satisfait puis elle fit signe à Nylah de s'approcher encore un peu en tendant vers sa bouche le récipient rempli de poudre.

— Oui, petite fille. Ton grand frère a survécu au massacre. Je pense que tu es prête à le revoir. Mais, pour l'instant, tu dois te reposer, murmura-t-elle.

Le regard de Nylah se troubla légèrement alors que les lèvres de la sorcière se pinçaient dans une grimace étrange et projetaient vers elle le souffle d'un poison.

2

Paris, France
48° 50' 24" N 2° 19' 59" E

Hector Babenko n'avait encore jamais éprouvé une telle sensation de calme et de plénitude. Les puissants effluves saturés de sel d'Epsom lui avaient chatouillé les narines pendant quelques instants, mais il s'y était rapidement accoutumé et il ne les sentait presque plus. Seule demeurait la léthargie apaisante de son corps nu flottant dans l'épais liquide qui remplissait le caisson d'isolation sensorielle.

Ses longs cheveux bouclés flottaient autour de lui et lui caressaient les épaules comme les tentacules d'une anémone de mer. Il ne put réprimer un sourire. L'investissement était de taille, mais les profits s'annonçaient colossaux. Il avait déjà commandé une dizaine de caissons, qui viendraient bientôt détendre les corps fatigués des clients de la chaîne de salons de massage dont il était responsable sur les trois départements de la petite couronne. Encore un an ou deux et il pourrait enfin se ranger. Fini le trafic de dope, les putes et le blanchiment pour ses compatriotes de la mafia russe. Il pourrait prendre une retraite bien méritée et trinquer à la santé des flics français à l'autre bout du monde.

Il s'étirait langoureusement dans l'obscurité du sarcophage quand des bribes de voix étouffées lui parvinrent à travers le caisson. Il fouilla le fond de l'eau salée à la recherche de son HK 45.

Se concentrer. Anticiper. Réagir.

Vite.

Une décharge de fusil à pompe déchira le silence à quelques centimètres au-dessus de sa tête alors qu'il soulevait le capot du caisson et logeait deux balles dans la poitrine du brigadier de la compagnie d'intervention. Il sortit de l'eau en pestant et s'approcha du flic casqué qui rampait vers son arme en se tenant la poitrine.

Hector s'accroupit près de lui et fulmina en découvrant le gilet pare-balles que portait l'homme. Il lui arracha son casque d'un geste brusque.

— Là où tu vas, pas besoin de gilet, lui cracha-t-il au visage avant de lui tirer une balle en pleine face.

La porte derrière lui explosa soudain. Babenko posa un genou à terre et ajusta dans son viseur les deux silhouettes qui tentaient de se frayer un chemin dans la pièce, un bouclier antiémeute à la main. Il leur tira dans les pieds et regarda les policiers s'affaisser l'un sur l'autre, empêtrés dans leur équipement d'intervention. Il attrapa un pantalon et se mit à courir vers le couloir menant à l'arrière-cour du salon de massage. Il se plaqua contre un mur et se rhabilla à la hâte. Les licux étaient déserts. Les flics s'étaient probablement concentrés sur l'avant du bâtiment. Il commença à progresser dans la ruelle quand une voix rugit dans son dos.

— Police ! Tu t'arrêtes, Babenko !

Hector tira deux fois vers le policier, qui s'encastra lourdement dans l'embrasure de la porte, puis il reprit sa course, les yeux brouillés de sueur et de sel. Parvenu au bout de la ruelle, il jeta un rapide coup d'œil. Personne. Il s'apprêtait à s'élancer quand le canon d'un Sig Sauer SP 2022 lui fracassa la mâchoire.

— Ne recommence jamais ce numéro de cow-boy, Stan. Je ne plaisante pas.

Le jeune brigadier Stan Horowitz opina en se massant les côtes. Il avait eu de la chance et il le savait. La première balle de Babenko s'était fichée dans son gilet, alors que l'autre était passée à quelques centimètres de sa tête. Il pouvait encore entendre le sifflement du projectile à tête creuse qui avait bien failli lui emporter le visage. Le capitaine Hugo Pétrie sortit un paquet de cigarettes de sa poche et le tendit à sa jeune recrue. Stan refusa poliment et se concentra sur sa respiration sifflante encore empreinte de panique.

— Je t'aime bien, petit, mais ne force pas trop ta chance…, lança Pétrie, cinglant. Tu es nouveau dans le groupe, je ne tiens pas à fêter ton bizutage à la morgue.

Le jeune ripeur aurait aimé réagir à la réflexion de son chef de groupe, mais il se contenta de lui retourner un sourire gêné.

— Je te demande pardon, capitaine. Je n'avais rien à foutre là. C'est juste que je l'avais dans ma ligne de mire. Il fallait bien que je tente quelque chose.

Pétrie hocha la tête et considéra Stan d'un œil bienveillant. Vingt-cinq ans à peine. Tout à prouver au reste du monde et à son capitaine en particulier. Hugo le sentait bien, reconnaissant en lui un jeune con écervelé lui en rappelant un autre. Cet autre qu'il avait été, lui aussi, à une époque où il passait le plus clair de son temps à désobéir aux ordres et à se faire taper sur les doigts par une hiérarchie un peu trop frileuse à son goût. « Mieux vaut être un mouton noir qu'un mouton de plus », avait-il balancé un jour à son chef. Mais le temps avait fait son œuvre. Devenu chef à son tour, Hugo Pétrie était peu à peu rentré dans le rang. Il ne comptait plus ses rides ou ses cheveux blancs.

Il tendit la main à Stan et l'aida à se relever. Le jeune homme s'appuya contre l'épaule de son capitaine et claudiqua jusqu'à l'ambulance qui venait de se garer devant l'entrée de l'immeuble.

Le téléphone portable de Hugo vibra dans la poche de son jean. Mathilde, la procédurière du groupe.

— Fais vite, grogna Pétrie. Il est 6 h 30 du mat' et je suis un peu claqué, là. On vient de serrer Babenko.

— Enfin ! fit la jeune femme avec enthousiasme. Bon, je te la fais courte. On vient de recevoir un appel du commissariat de Montreuil. Il s'est passé un truc bizarre là-bas.

Hugo s'impatienta.

— Bizarre comment ?

— Les collègues ont récupéré un prêtre complètement à poil et à moitié mort de froid près de l'ancienne usine de plâtre il y a environ trois heures de ça.

— Bourré, j'imagine ?

— Non, plutôt sous produits. D'après ce qu'on sait, il a passé quelques heures dans un cercueil sur le terrain de l'usine.

— Tu déconnes ?

— Je préférerais, mais non. Le vieux a été enterré vivant avant de réussir à sortir de sa boîte. J'ai pensé que ça te dirait d'aller jeter un coup d'œil sur place, vu que tu es dans le secteur. Tu prends ?

— Pas le temps, refile ça aux stups du 93.

Mathilde hésita quelques instants, puis reprit sur un ton plus ferme :

— Le prêtre officiait dans notre secteur, à l'église Notre-Dame de Saint-Mandé. Il a été emmené aux urgences, puis transféré dans le service addictologie du Pr Vaillant. Quelque chose clochait dans ses analyses de sang. Il était défoncé, mais personne à l'hosto n'a su me dire à quoi. Je pensais que ça pourrait t'intéresser.

Pétrie alluma une cigarette et observa Stan qui s'engueulait avec un infirmier. L'homme en blouse blanche tentait vainement de le faire s'allonger sur un brancard.

— Bordel, mais foutez-moi la paix, je vais bien, je vous dis !

— J'embarque le gamin et on file à Montreuil, lâcha Hugo Pétrie à Mathilde en s'approchant de l'ambulance.

18° 47' 59" N 72° 49' 35" W

Sa mère ne l'aimait pas. Je le sentais depuis sa naissance, depuis ses premiers pas, depuis ses premiers mots. Et jamais Zéphyr n'a réussi à lui soutirer la moindre tendresse, pas même un sourire. Il n'y en avait que pour sa petite sœur, Nylah, née un an après lui.

Nous vivions dans une ferme délabrée sur la côte est de l'île de la Gonâve, au bord des rives de la mer des Caraïbes. Les murs en bois clissé avaient déjà résisté à plusieurs ouragans, mais le toit de chaume était régulièrement dévoré par les rats qui y faisaient leurs nids. J'aidais de mon mieux la famille à se débarrasser des rongeurs, mais je me lassais rapidement. Ils étaient gras et trop nombreux.

Le père enrageait en s'escrimant à les chasser à grands coups de machette, tout en nous promettant que, bientôt, il se rendrait à Port-au-Prince et ferait installer un toit de tôle plus résistant qui les protégerait des nuisibles et des caprices des saisons.

La mère gardait le silence. Peut-être savait-elle pertinemment qu'ils n'auraient jamais les moyens de se payer ce nouveau toit. Peut-être ne voulait-elle pas vexer son mari. Peut-être.

Je la voyais qui passait des heures à tresser les cheveux de sa petite fille en chantonnant d'un air absent. De cette absence que je sentais pourrir en elle et qui se faisait chaque jour un peu plus présente. Un peu plus pesante. Sa réalité était une digue assaillie par des vagues toujours plus hautes qui bientôt finiraient par faucher son âme et la précipiter dans la folie.

Elle ne prêtait plus aucune attention à Zéphyr, qu'elle feignait d'ignorer comme un petit fantôme agaçant qui traînait dans ses jambes. L'enfant se contentait d'aller attendre sa sœur dans la cour de la ferme avant de partir pour l'école. Nylah se laissait faire par cette maman un peu étrange qui l'embrassait goulûment et la serrait dans ses bras jusqu'à l'étouffer. La fillette sortait alors de la cabane en se frottant les joues, comme si elle s'en voulait d'être le seul objet de l'affection de leur mère. Zéphyr l'accueillait toujours un grand sourire aux lèvres.

— C'est pas grave, petite sœur, c'est pas grave. Viens, on y va. C'est l'heure d'aller à l'école.

Je les accompagnais tout au long de la route qui menait à Anse-à-Galets. Dix kilomètres à pied, tous les matins et tous les soirs, trois jours par semaine. Arrivé sur place, je m'installais à l'ombre dans un coin de la cour et je patientais tranquillement. J'observais les enfants mâchouiller leurs crayons et se frotter les yeux de fatigue derrière les vitres sales de la baraque en bois qui faisait office de salle de classe.

Parfois, Zéphyr passait la tête par la fenêtre. Il scrutait la cour d'un air inquiet et se mettait à pouffer de rire dès qu'il m'avait repéré. Moi, j'attendais mon moment préféré de la journée, celui où un des enfants sortait de la classe et venait taper le poteau du préau à grands coups de clé à molette.

C'était la fin de la journée.

3

Montreuil, France
48° 51' 23" N 2° 25' 29" E

Hugo salua le brigadier qui se tenait en appui sur le manche de sa pelle, les yeux rivés au fond du trou qu'il venait de creuser dans le terrain vague. Le type s'épongeait le front en soufflant comme un cachalot échoué sur le rivage. Pétrie s'accroupit sans un mot au bord du cercueil artisanal que les flics venaient de sortir de terre. Il détailla le capitonnage du couvercle lardé de lacérations et de traînées de sang.

— Quel âge, ce prêtre ?

Le brigadier hésita.

— À vue de nez, une bonne soixantaine. Peut-être un peu plus.

— Costaud, le monsieur. Réussir à se déterrer tout seul…, lâcha Pétrie sur un ton dubitatif.

— Pas tant que ça. Le cercueil n'était pas enterré très profond. Son agresseur l'a recouvert de quelques pelletées de terre, pas plus.

— Il s'est peut-être fait surprendre, proposa Stan dans le dos de Pétrie.

— Possible, bougonna Hugo. Vous avez trouvé quelque chose dans le cercueil ?

Le brigadier lui indiqua un sac plastique sur le sol.

— Ses fringues et son portefeuille avec ses papiers, un peu d'argent liquide et un numéro de téléphone griffonné sur un post-it. Une certaine Nylah Dévereaux.

Hugo tendit la main vers le flic.

— Je prends le numéro. Le vieux est à Sainte-Anne, vous confirmez ?

Le flic opina.

— Les urgences ont préféré le transférer dans le service du Pr Vaillant. Un truc bizarre dans ses analyses de sang, apparemment.

— OK, je vais appeler ce Vaillant. Autre chose ?

— Ouais, en fait. Quand on l'a retrouvé, le prêtre répétait toujours le même mot : Zéphyr. On a essayé de le questionner, mais impossible d'en savoir plus. Il était complètement dans les vapes.

— Zéphyr, hein ? Un mot, peut-être. Ou bien un nom, lâcha Hugo avant de se relever et de jeter un regard intrigué à Stan qui pouffait tout seul dans son coin. Qu'est-ce qui te fait marrer, toi ?

— Non, mais rien. C'est juste que ça me fait penser à ces vieux films de morts-vivants. Mon père adorait ça quand j'étais petit.

Hugo leva les yeux au ciel et lui balança les clés de la voiture.

— Quand tu *étais* petit ? Allez, viens, je te paie un petit déj' au Bistrot du Marché.

— Comment ça, enterré vivant ? Est-ce que vous plaisantez ? s'écria Nylah.

Le capitaine Hugo Pétrie était un homme de raison et un flic plutôt cartésien. Lui-même avait du mal à croire à ce qu'il venait de dire et, malgré ses vingt années de carrière dans la police, il était obligé d'admettre qu'il n'avait encore jamais vu ça. Il se rencogna dans son fauteuil et lampa d'un trait le reste de café froid qui stagnait au fond de sa tasse depuis le début de sa longue matinée.

Le flic jeta un coup d'œil intrigué à la fiche signalétique qui s'affichait sur l'écran de son ordinateur.

Nylah Dévereaux.

Le visage de la jeune femme avait changé depuis que la photo avait été prise, comme assombri par une anomalie temporelle qui l'avait fait vieillir d'une bonne décennie en à peine trois ans. Elle semblait paisible à l'époque. Presque heureuse. Ses longs cheveux frisés s'évasaient sur ses épaules et cachaient une partie de son visage sombre où perçaient de grands yeux verts un peu tristes.

Rien à voir avec cette autre femme qui se tenait là, devant lui.

Rien à voir avec cette punkette à la crête rouge hérissée sur le crâne en forme de majeur dressé contre le monde entier.

— Le commissariat de Montreuil a reçu un appel anonyme cette nuit leur signalant qu'un homme était enterré sur le site d'une ancienne plâtrerie, rue de Paris. Les policiers se sont rendus à l'adresse indiquée et ils ont trouvé un cercueil ouvert enfoui à un mètre de profondeur. Vide. Ils ont commencé à fouiller les alentours et ils ont retrouvé le père Janssen errant dans la rue, complètement nu. Les premiers éléments de l'enquête laissent effectivement penser qu'on l'a enterré vivant. Le dessous du couvercle était recouvert de traces de son sang.

Il l'a probablement griffé pour tenter de s'échapper. On en saura plus quand on aura reçu les analyses du labo.

Nylah hésita une seconde.

— Il… Il est en vie ?

Le flic perçut un léger tressaillement qui affleurait le regard froid de la jeune femme. Sa voix se fit rassurante.

— J'ai appelé l'hôpital, il va bien. Il a passé quelques heures aux urgences, mais rien de grave. Physiquement, en tout cas…

— Je ne comprends pas. Qui pourrait vouloir s'en prendre à lui ?

Hugo se leva de sa chaise et attrapa son blouson.

— Suivez-moi. Il a été transféré au service d'addictologie de l'hôpital Sainte-Anne en fin de matinée.

— Addictologie ? Mais pourquoi ?

— On nous en dira plus sur place. Quand on l'a retrouvé, le père Janssen répétait tout le temps le même mot : Zéphyr. Ça vous dit quelque chose ?

Nylah reposa son front contre la vitre froide du véhicule de police l'emmenant vers l'hôpital. Le flic se taisait depuis leur départ. Il se contentait de slalomer entre les véhicules qui s'agglutinaient sur le périphérique en fumant cigarette sur cigarette. La jeune femme le remercia mentalement de lui laisser un moment de répit. Elle ferma les yeux et se remémora les instants qui avaient précédé le coup de fil du flic, quand il l'avait convoquée d'urgence à son bureau de la SDPJ 94, à Créteil.

Elle s'était réveillée dans l'appartement abandonné de la vieille *mambo*, bercée par une main douce sur son front humide.

Elle avait ouvert les yeux et s'était redressée d'un bond sur la paillasse de fortune où elle s'était écroulée quelques instants auparavant, terrassée par le souffle empoisonné de la sorcière haïtienne.

Elle avait attendu plusieurs secondes que ses yeux s'accommodent aux lueurs vacillantes dansant dans la pièce, puis elle l'avait vu qui se tenait là, tout près d'elle.

Elle l'avait observé sans un mot, détaillant son masque couleur ténèbres et les enfilades de perles qui dissimulaient ses traits en y superposant le visage couturé d'un mort.

— C'est... C'est bien toi ? avait-elle murmuré dans un souffle.

Zéphyr n'avait su que répondre à sa sœur. Il avait ôté son chapeau melon et fouillé dans un sac de toile dont il avait sorti un petit objet que la jeune femme avait reconnu instantanément. Sa vieille poupée de chiffon.

— C'est impossible, lui avait-elle lancé d'une voix étouffée de sanglots. Comment peux-tu être encore en vie ? Je t'ai vu mourir ce jour-là dans la cour de la ferme. Et pourquoi caches-tu ton visage derrière ce masque horrible ?

— C'est une longue histoire, Nylah. Mais tu es là, à présent. Marinette nous a réunis, et c'est tout ce qui compte.

La voix derrière le masque s'était faite plus grave.

— Et tu ne m'as pas vu mourir. Tu étais déjà enfermée dans le coffre du 4x4 quand le chef des Lougawous m'a tiré dessus. C'est Marinette qui m'a retrouvé un peu plus tard. J'avais perdu un œil, mais j'étais toujours en vie. Elle m'a chargé sur notre mule et m'a ramené jusque chez elle. Si je porte ce masque, c'est pour cacher ce qu'il reste de mon visage. Je ne veux pas que tu me voies comme ça.

Les mots de Zéphyr s'étaient imprimés en lettres de feu dans l'esprit de Nylah. Elle s'était alors jetée dans ses bras et l'avait serré contre sa poitrine jusqu'à l'étouffer.

— Je… Je suis tellement heureuse de te revoir.

Elle avait deviné le sourire de Zéphyr sous son masque. Son frère l'avait repoussée tendrement.

— Pour l'instant, nous avons beaucoup de choses à faire et peu de temps devant nous. Les Lougawous. Il est temps de leur faire payer ce qu'ils ont fait à nos parents. Je me suis déjà occupé de Janssen cette nuit.

— Janssen ? Est-ce que tu… ?

— Non. Je l'ai laissé en vie parce qu'il s'est occupé de toi pendant toutes ces années. Mais il fallait qu'il paie, lui aussi.

— Zéphyr… Que lui as-tu fait ?

Le regard sous le masque s'était soudain refroidi.

— J'ai mangé son âme.

Un long frisson glacé avait parcouru l'échine de Nylah Dévereaux. Cent fois elle avait souhaité la mort du prêtre, cent fois elle s'était ravisée.

Daniel Janssen l'avait élevée comme sa propre fille depuis qu'ils avaient fui Haïti. De retour en France, ils s'étaient installés dans la commune de Saint-Mandé, où il officiait comme prêtre depuis bientôt dix ans. La petite fille n'avait jamais manqué de rien. Elle avait intégré l'école, où les jeux de la cour de récréation avaient rapidement apaisé les stigmates de ses premières années en Haïti et effacé ce drôle d'accent créole qui faisait tant rire les autres enfants.

Janssen la couvait de toute son affection et priait chaque jour pour qu'elle lui pardonne et qu'elle commence à l'aimer un peu, mais les souvenirs de la petite fille remontaient à la surface un peu plus chaque nuit.

Elle rêvait de son papa-fumée, agenouillé dans la cour de la ferme, pieds et poings liés, le cou lesté d'un pneu aspergé d'essence. Elle rêvait de sa mère qui se balançait au bout d'une corde comme un pantin désarticulé. Et puis il y avait Zéphyr. Zéphyr qui lui manquait tellement. Zéphyr qu'elle n'avait pas pu protéger de ces brutes. Zéphyr à qui elle n'avait jamais cessé de penser.

Et bientôt Nylah Dévereaux fut confrontée à un choix radical. Tuer ce prêtre qui avait participé au meurtre de ses parents ou tirer un trait définitif sur le passé et se lancer à l'assaut de ce pays inconnu où elle vivait recluse depuis leur départ d'Haïti.

La nuit de son vingtième anniversaire, elle s'était levée sans un bruit et avait fourré dans un sac à dos le peu de vêtements qu'elle possédait avant de voler le contenu du portefeuille de Janssen. Elle avait doucement refermé la porte du presbytère et s'était évanouie dans les premières lueurs de l'aube.

Elle sentit la main de Zéphyr lui caresser la joue.

— Janssen m'a parlé avant que je le transforme, confessa-t-il d'une voix douce.

— Que t'a-t-il dit ?

— Il m'a donné un nom. Celui d'un homme qui dirige un hôtel dans les Alpes suisses. Il s'appelle Ruben Novak. On va commencer par lui. Janssen m'a juré que ce Novak nous mènerait aux deux autres Lougawous.

Le téléphone portable de Nylah vibra dans sa poche. Elle lança un regard paniqué à son frère.

— Réponds au téléphone, lui dit-il d'un ton calme, un index posé sur ses lèvres couturées.

Nylah s'exécuta et bredouilla quelques mots à son interlocuteur. Quand elle raccrocha, son visage était livide.

— C'était un flic. Il veut me rencontrer.

— J'avais compris, répondit Zéphyr, rassurant. Tu es la seule famille de Janssen, c'est normal qu'ils soient remontés jusqu'à toi. Si tu les sens méfiants ou s'ils te questionnent un peu trop, dis-leur que tu as passé la soirée ici avec Marinette. Le temps qu'ils réagissent, on sera déjà loin.

Nylah arqua un sourcil assombri de doute.

— C'est risqué. Pourquoi ne pas partir tout de suite ?

— Je veux que tu voies le visage du prêtre une dernière fois, Nylah. Je veux que tu voies ce que je lui ai fait.

— Et ensuite ?

— Rejoins-moi ici quand tu en auras terminé. Marinette nous a trouvé un véhicule, un vieux camping-car parfaitement anonyme. Nous partirons ce soir.

4

Paris, France
48° 49' 46" N 2° 20' 20" E

Nylah sortit de la chambre et se précipita à l'extérieur du bâtiment blafard qui abritait les services d'addictologie. Hugo Pétrie la rejoignit sans un mot et lui tendit un paquet de Marlboro. La jeune femme le remercia d'un signe de tête et alluma une cigarette d'une main tremblante. Elle s'adossa au mur et s'emplit les poumons d'une bouffée cendrée qu'elle garda en elle le plus longtemps possible. Le flic encaissa sans broncher l'épais nuage opaque qu'elle lui expira au visage en signe de mépris, puis il brisa le silence d'une voix presque douce.

— Désolé pour ça. J'avais besoin que vous le voyiez afin de confirmer son identité.

La jeune femme hocha froidement la tête, les yeux encore emplis du spectacle auquel elle venait d'assister en entrant dans la chambre. Janssen n'était plus qu'une ombre. Une silhouette décharnée, immobile sur un lit médicalisé. La peau de son visage était tendue jusqu'à l'os, marbrée d'hématomes et de traces de griffures qu'il s'était lui-même infligées dans la tombe. Son regard autrefois si paisible n'était plus qu'un phare éteint dans la nuit, balayé par un ressac puissant qui avait emporté son âme vers des territoires dont il ne reviendrait jamais.

Zéphyr avait bel et bien *mangé* son âme.

— Un zombi..., soupira Nylah.

Pétrie haussa les épaules.

— Je pensais avoir vu pas mal de choses dans ma carrière, mais là... Encore une fois, je suis désolé.

— Comment voulez-vous que j'avale un truc pareil ? lâcha la jeune femme alors que les mots du médecin s'imprimaient encore dans son esprit.

Le Pr Maxime Vaillant les avait accueillis dans son bureau un peu plus tôt sans même prendre la peine de se lever de sa chaise. Nylah avait lancé un regard indifférent à cet homme froid et détaché avant de découvrir une paire de béquilles orthopédiques posée contre son bureau. Le médecin avait déroulé son exposé d'une voix cassante, sans jamais la regarder dans les yeux.

— Les analyses toxicologiques sont formelles, avait déclaré l'addictologue. Le père Janssen a été contraint d'ingérer une dose massive de tétrodotoxine. Il s'agit d'un poison puissant que l'on retrouve dans le tétraodon, un poisson qui peut avoir plusieurs noms et plusieurs origines. On l'appelle poisson-ballon, ou encore fugu, au Japon. Mais, dans ce cas précis, je pencherais plutôt pour le fufu, que l'on trouve essentiellement en Haïti. Vous êtes vous-même d'origine haïtienne, n'est-ce pas, madame Dévereaux ?

Nylah avait tourné la tête et adressé un regard gêné au flic qui se tenait silencieux auprès d'elle. Le ton employé par ce professeur à la voix teintée de sonorités rugueuses lui glaçait les sangs.

— Quel rapport avec ce qui est arrivé au père Janssen ?

Le médecin avait ôté ses lunettes et s'était massé les yeux en soupirant.

— Madame Dévereaux, je vais tâcher d'être clair et de nous épargner trop de salamalecs. Vous êtes haïtienne, vous avez donc déjà entendu parler de la tradition vaudoue. Votre père adoptif a été transformé en zombi.

— C'est mon tuteur, pas mon père adoptif, précisa Nylah d'une voix blanche.

Vaillant poursuivit son monologue comme s'il n'avait rien entendu.

— Au vu de mes observations de ce matin, je dirais que le père Janssen n'a passé que quelques heures dans le cercueil, mais qu'il est resté conscient et éveillé, comme le prouvent les traces de sang et d'abrasions à l'intérieur du couvercle et à l'extrémité de ses phalanges. Un peu plus tard, son agresseur lui a administré une seconde substance, que nous avons pu identifier assez rapidement : le datura, une plante aussi appelée *herbe du diable*. C'est cette herbe qui a neutralisé les effets de la tétrodotoxine et qui l'a, en quelque sorte, ramené à la vie. Ce qui explique qu'il ait pu sortir du cercueil et prendre la fuite.

Nylah se sentait de plus en plus mal à l'aise. Zéphyr était donc lui aussi devenu un *oungan*, un prêtre vaudou, probablement initié par leur tante.

Le médecin reprit :

— Avant de poursuivre, sachez que les zombis existent bel et bien en Haïti. Les chiffres officiels parlent de 1 000 à 1 500 cas recensés, mais d'après mes informations ils seraient dix fois plus nombreux. Ce sont pour la plupart des victimes de sociétés secrètes qui les punissent pour leurs mauvaises actions, ou qui acceptent de les transformer pour de l'argent afin d'assouvir une vengeance, familiale ou autre. Le rite qu'ils subissent avant leur transformation obéit à des règles strictes et se déroule en plusieurs étapes. La victime se voit tout d'abord administrer cette fameuse tétrodotoxine, qui la plonge dans un état de catalepsie avancée. Cette drogue se présente sous la forme d'un liquide ou d'une poudre urticante qui pénètre dans les pores de la peau. Le métabolisme se ralentit, les muscles se paralysent, mais la victime reste consciente. Elle est ensuite enterrée vivante avant d'être libérée quelques heures plus tard sous peine de mourir d'anoxie, ou d'asphyxie, pour parler plus simplement. Ce n'est qu'à ce moment-là qu'on lui administre le datura, sous forme de pâte ou de liquide. L'herbe contient des molécules d'atropine et de scopolamine, qui ont pour effet de provoquer chez le patient un état de grande agitation lié à de puissantes hallucinations, mais elle a aussi pour conséquence d'annihiler toute volonté chez la victime.

Nylah interrompit Vaillant :

— Ces effets sont irréversibles ?

— Hélas, oui. J'ai contacté différents confrères qui ont tous travaillé sur le processus de zombification tel qu'il se pratique en Haïti, qui diffère des pratiques en Afrique ou en Amérique. La dose de poison administrée au père Janssen dépasse de loin toutes les posologies observées dans des cas similaires à travers le monde, tous rites confondus. Si cela peut vous aider, sachez que son cerveau était déjà foutu avant qu'on le transfère dans mon service.

*

Nylah écrasa sa cigarette et tourna les talons sans un regard pour Pétrie.

— Où allez-vous, madame Dévereaux ?

Elle se retourna brusquement et toisa le flic d'un air mauvais.

— Vous pouvez m'appeler Nylah. Et, si nous en avons terminé, j'aimerais rentrer chez moi.

Le flic fit un pas vers elle.

— Vous ne m'avez pas répondu tout à l'heure. Zéphyr. Est-ce que ce mot évoque quelque chose pour vous ?

La jeune femme hésita une seconde de trop. Elle observa Pétrie quelques instants. Son visage n'était que fatigue et lassitude. Quel âge avait cet homme ? Une quarantaine d'années bien tassée, cinquante, peut-être. De longs cheveux poivre et sel lui tombaient jusqu'aux épaules et encadraient son visage fin mangé par une barbe de trois jours. Son regard bleu ciel affichait la détermination d'un flic de terrain expérimenté, mais aussi une douceur qui la fit vaciller. Une douceur qu'elle avait déjà lue dans les yeux de son propre père.

Elle reprit le contrôle de la conversation.

— Zéphyr, c'est le nom d'un vent qui souffle en Afrique, c'est tout ce que j'en sais. Et, pour répondre à la question que vous allez me poser ensuite, j'ai passé la soirée d'hier avec ma tante Marinette. Marinette Dévereaux. Elle vit à Montreuil. J'imagine que vous voulez qu'elle vous le confirme ?

Pétrie opina tout en notant l'adresse que lui dictait Nylah.

— Pouvez-vous me dire quand vous avez vu le père Janssen pour la dernière fois ?

— Il y a trois ans.

— Vous étiez en froid ?

Nylah chassa les souvenirs qui tambourinaient sous son crâne.

— On peut dire ça. Autre chose ?

— Oui. Je vous demande de ne pas quitter Paris pour le moment, le temps que j'y voie plus clair.

Nylah acquiesça et prit congé du flic, qui la suivit du regard jusqu'à ce qu'elle disparaisse au coin de la rue. Il fouilla dans ses poches et pianota sur son téléphone portable.

— Stan ? T'en es où ?

— C'est bon, capitaine. Je suis à une vingtaine de mètres derrière elle. Elle se dirige vers l'est, métro Glacière. Et, promis, je vais la jouer profil bas.

Le flic lui répondit d'un ton satisfait.

— Parfait. Tu m'appelles quand tu l'as logée. Et cette fois-ci tu m'attends, c'est clair ?

5

Montreuil, France
48° 51' 26" N 2° 25' 22" E

La nuit était tombée quand Nylah traversa la rue Étienne-Marcel pour se précipiter vers un vieillard écroulé sur le trottoir. L'homme frappait l'asphalte d'un poing rageur en pleurant comme un enfant. Elle toisa les badauds alentour, qui passaient leur chemin en se pinçant les narines.

— Dieu est mort…, bredouilla le vieillard dans un souffle aviné mêlé de morve et de larmes.

Nylah l'attrapa par le col et le força à s'asseoir alors qu'il se débattait et se giflait le visage comme pour chasser des mouches invisibles.

— Bon sang, mais qu'est-ce qui vous arrive ? s'écria la jeune femme, à bout de patience.

Le vieux désigna le poste de télévision miniature qui traînait parmi les cartons moisis de son campement de fortune. Nylah observa une seconde l'écran qui éructait des images striées en noir et blanc, et poussa un soupir de soulagement.

Elle s'accroupit auprès du SDF et posa une main affectueuse sur son épaule. Elle aussi connaissait ce dieu dont parlait le vieillard, ce dieu qui courait en levant les mains au ciel sur une pelouse fraîchement coupée et qui embrassait son maillot rayé bleu et blanc.

Elle se remit debout et se frotta les cuisses.

— Ne pleure pas pour ça, l'ancêtre. Il y aura d'autres Maradona !

Une pluie fine s'était mise à tomber, qui les saupoudrait d'une brume fantomatique et brouillait encore un peu plus les larmes du vieil homme. Nylah fouilla dans ses poches et lui tendit quelques pièces avant de traverser la rue et de s'enfoncer dans la venelle menant à l'appartement délabré de Marinette Dévereaux.

Elle monta à la hâte les marches de bois délattées et pénétra dans le salon multicolore plongé dans une totale obscurité. Elle sentit instantanément la présence de Zéphyr, comme une odeur prégnante dans le squat. Elle vint se poster à la fenêtre et observa la rue par-dessus son épaule.

— Les flics t'ont suivie jusqu'ici, lança-t-il sous son masque.

Nylah fit un rapide panoramique sur la ruelle et aperçut deux ombres qui avançaient vers l'immeuble à pas pressés.

— Je suis désolée, murmura-t-elle en reconnaissant la silhouette de Hugo Pétrie. Je pensais m'en être débarrassée.

Zéphyr posa une main tendre sur le visage de sa sœur.

— Je vais régler le problème. C'est l'affaire de quelques minutes. Tu m'attends ici et, quoi que tu entendes à l'extérieur, tu ne sors pas de cette pièce. On est d'accord ? lui intima-t-il.

Nylah lui renvoya un maigre sourire et alla s'asseoir sans un mot sur la chaise de paille de la vieille *mambo*.

La pluie s'était transformée en un déluge qui martelait le trottoir sous les pieds de Stan. Le jeune flic attendait Pétrie en mâchouillant des nouilles chinoises informes et liquéfiées au fond de leur carton d'emballage. Il balança le tout dans une poubelle et vint à la rencontre de son capitaine.

— Alors ? demanda Hugo.

Stan désigna du menton le trottoir d'en face.

— Je l'ai suivie jusque-là. C'est un cul-de-sac. Il y a un immeuble abandonné dans le fond. Elle y est entrée il y a une dizaine de minutes. Pas de mouvement depuis.

Pétrie hocha la tête.

— OK, on y va.

Les deux hommes traversèrent la rue et s'engagèrent dans la venelle pavée où Nylah Dévereaux avait disparu quelques minutes auparavant.

Ils avancèrent sur une trentaine de mètres et se retrouvèrent face à la silhouette décrépite d'un bâtiment aux murs noirs de crasse et de tags illisibles. Hugo dégaina son arme de service et fit monter une balle dans la chambre d'un geste sec. Ils enjambèrent les sacs-poubelles éventrés obstruant l'accès aux escaliers et commencèrent à progresser vers les étages, le canon de leur arme braqué au-dessus de leur tête. La pluie qui redoublait de violence percutait les murs du squat et les empêchait de percevoir la moindre activité humaine dans les appartements délabrés.

Ils arrivèrent bientôt au dernier étage et découvrirent un escabeau placé sous une trappe ouverte qui menait au toit de l'immeuble.

— Tu grimpes, je te couvre, murmura Hugo.

Stan rengaina son arme, gravit les marches branlantes de l'escabeau et passa la tête par la trappe. Le toit de l'immeuble était plongé dans une obscurité trouble, pilonné de toutes parts par des rafales liquides. Le jeune flic se hissa sans effort et tendit la main à Hugo d'un air narquois.

— Un petit coup de main, capitaine ?

Pétrie lui lança un regard mauvais et se laissa aider par la poigne vigoureuse de son jeune équipier.

Parvenus à l'extérieur, les deux flics se déplacèrent à croupetons sur le sol gravillonné jusqu'à un conduit de cheminée derrière lequel ils se plaquèrent, l'arme à la main. La pluie brouillait tous leurs sens. Hugo s'essuya les yeux et jeta un bref coup d'œil dans l'angle mort.

Une forme indistincte se tenait debout face au vide sur le rebord du toit. Le flic se redressa d'un coup.

— Madame Dévereaux ? Je vais vous demander de vous retourner lentement et de mettre les mains sur la tête !

La créature floue fit face aux deux hommes.

— C'est quoi, ce bordel ? souffla Stan, qui commençait à distinguer une silhouette imposante en costume sombre, coiffée d'un chapeau melon et dont le visage était dissimulé derrière un étrange masque en forme de tête de mort.

Zéphyr les pointa du bout de sa canne.

— Vous n'auriez pas dû suivre Nylah jusqu'ici.

Hugo positionna son index sur la queue de détente du Sig.

— Où est-elle ? Que lui avez-vous fait ? demanda sèchement le flic.

Zéphyr s'approcha des deux policiers, qui ne purent réprimer un frisson de malaise alors qu'une étrange sensation d'engourdissement s'emparait simultanément de leurs corps. Le jeune Stan sentit son sang refluer vers son visage, puis ses doigts se raidirent jusqu'à lâcher son arme. Il se tint la poitrine dans un râle de douleur et tomba la tête la première dans les gravillons, bientôt rejoint par Pétrie, qui, lui aussi, perdait le contrôle de ses mouvements.

La voix grave de Zéphyr traversa les frémissements du rideau de pluie.

— Vous êtes morts, flics. Vous êtes morts quand vous avez posé les mains sur cette trappe.

Les pensées caracolèrent dans la tête de Hugo, qui comprit soudain ce qui leur arrivait.

— Tu… Tu as mis du poison sur la rambarde… Ce putain de poison zombi !

Un éclair fendit le ciel, détourant la silhouette au chapeau melon.

— Ça ne durera plus très longtemps. Vos muscles se tétanisent. Ensuite, votre cœur ralentira. Mais il ne s'arrêtera pas tout à fait, feula Zéphyr.

Le jeune Stan sentit soudain une main puissante l'attraper par le col et le traîner sur les gravillons jusqu'au rebord du toit. Il tenta vainement de se battre contre son métabolisme qui s'engourdissait un peu plus chaque seconde, mais ses membres ne lui répondaient plus. Sa dernière pensée fut pour Pétrie alors que le masque lui accordait un ultime regard presque amical.

— Ton corps doit rejoindre la terre pour que ton âme s'envole vers le ciel, rugit-il avant de le précipiter six étages plus bas.

Hugo était complètement tétanisé. Zéphyr fit demi-tour et revint dans sa direction. C'était son tour. Il allait perdre connaissance quand une voix stridente résonna quelque part au-dessus de sa tête.

— Zéphyr ! Arrête, pas lui !

Pétrie reconnut la voix de Nylah, puis il bascula dans la nuit.

18° 47' 59" N 72° 49' 35" W

Un jour de printemps, le père de Zéphyr lui a assigné une mission de la plus haute importance. Il devrait désormais porter de l'eau potable à la ferme trois fois par semaine après l'école. J'ai décidé de l'accompagner dans cette nouvelle corvée, et nous rentrions souvent de nuit, après plusieurs heures à traîner derrière nous le vieux mulet de son père, lesté de calebasses remplies d'eau jusqu'à ras bord. La lune balisait notre chemin à travers la forêt où Zéphyr s'approvisionnait en eau de roche. Il avait repéré un trou dans le sol qu'aucun autre enfant n'avait encore découvert.

Au bout de quelques semaines d'allers-retours épuisants, il a remarqué une femme de très petite taille qui fumait la pipe, assise sous le porche d'une cabane en bois sur le bord du chemin. Elle nous observait d'un œil amusé en se balançant d'avant en arrière, alors que Zéphyr s'acharnait à tirer derrière lui notre carne récalcitrante. Je me souviens de son visage creusé de sillons, comme des chemins dessinés sur une vieille carte au trésor.

Elle s'est levée de son fauteuil à bascule et nous a fait signe de nous approcher.

— Laisse donc ce pauvre bourricot respirer un peu ! Venez par ici, je vais vous donner quelque chose à manger.

J'avais déjà entendu le père de Zéphyr le mettre en garde contre cette vieille folle qui vivait sur la route côtière, mais les effluves qui s'exhalaient de sa cuisine ont eu raison des avertissements paternels.

Il a attaché la mule au tronc d'un mapou et nous nous sommes approchés du porche de la cabane. La femme a expiré un nuage de fumée grise tout en pointant sèchement le garçon du bout de sa pipe.

— Ne joue pas les timides avec moi, petit Zéphyr ! Tu sais qui je suis, et je sais qui tu es. Ton père a beau t'interdire de me parler, je n'en reste pas moins ta tante !

Et puis elle nous a tourné le dos et s'en est retournée dans sa cuisine.

— Tu es beau comme tout, 'tit ange caramel, a-t-elle lancé par-dessus son épaule. Allez, entrez dans la maison !

6

Paris, France
48° 49' 46" N 2° 20' 20" E

Hugo ressentit un fourmillement diffus parcourir son corps jusqu'au bout de ses orteils. Ses paupières cillèrent de manière incontrôlée jusqu'à ce qu'il puisse enfin ouvrir les yeux. Il inspira profondément alors que sa conscience remontait lentement à la surface. Il balaya du regard la chambre d'hôpital dans laquelle il venait de se réveiller avec la désagréable impression d'être passé sous un train. Tous ses sens étaient décuplés. Le moindre bruit, la moindre luminosité lui étaient insupportables.

Le claquement de la porte de la chambre lui provoqua un acouphène qui lui arracha un râle de douleur. Le Pr Maxime Vaillant s'approcha en claudiquant. Il posa ses béquilles contre le lit et se laissa tomber sur une chaise.

— Vous avez eu beaucoup de chance, capitaine, soupira-t-il. Les désagréments que vous ressentez en ce moment sont liés à un déficit de sérotonine consécutif à votre empoisonnement. Votre organisme surréagit à la tétrodotoxine, mais c'est un effet temporaire, rassurez-vous.

Hugo lui répondit en chuchotant. Le son de sa propre voix lui était insupportable.

— Où suis-je ?

— Dans mon service. Le Samu a reçu un appel anonyme vous concernant. C'est comme ça que vos collègues vous ont retrouvé dans un état de catalepsie avancée sur le toit d'un immeuble abandonné à Montreuil.

Le souvenir confus de la silhouette au masque de mort éclaira l'esprit de Pétrie comme une allumette qui s'embrase dans la nuit.

— La trappe... Il avait mis du poison sur la trappe.

— Je ne sais pas de qui vous parlez, capitaine, mais oui, les équipes de l'identité judiciaire ont retrouvé des traces de tétrodotoxine sur cette rambarde, tout comme dans votre sang et celui de votre jeune coéquipier. Cela dit, le dosage était infime, comparé à celui administré au père Janssen. Vous sortirez d'ici sur vos deux jambes et sans aucune séquelle.

Hugo marmonna d'une voix pâteuse :

— Je suis là depuis combien de temps ?

— Vingt-quatre heures.

Vingt-quatre heures. Vingt-quatre heures qu'il était allongé sur ce lit d'hôpital. Vingt-quatre heures qu'il avait échappé à la mort sur le toit du squat. Il se souvint de l'écho brumeux de la voix de Nylah hurlant dans la nuit. Elle lui avait sauvé la vie et c'était probablement elle qui avait appelé les secours. Il releva la tête et planta un point d'interrogation bleu ciel dans le regard de Vaillant.

— Mon coéquipier ? Est-ce qu'il est...

Un hochement de tête sinistre du médecin mit fin au suspense.

— Les obsèques auront lieu en fin de semaine. Je suis désolé, lâcha-t-il en posant une main amicale sur l'épaule de Hugo. Votre adjointe, Mathilde Brière, attend derrière la porte pour recueillir votre déposition. Tâchez d'être bref, vous devez vous reposer.

Le policier se tourna sur le côté, un bras devant les yeux pour retenir ses larmes. Le gamin occupait toutes ses pensées.

— OK, toubib. Mais je dois assister aux funérailles de Stan. Il le faut et…

— Nous verrons ça en temps voulu, trancha Vaillant. Si votre état le permet, j'autoriserai une sortie provisoire.

Le médecin attrapa ses béquilles et prit congé, laissant Hugo seul avec ses cauchemars à venir.

Le froid transperçait tout. Pétrie plissa les yeux un instant, ébloui par les rayons argentés du soleil de novembre qui dansait entre les tombes et découpait la lumière en fines lamelles stroboscopiques. Il détestait le cimetière du Père-Lachaise.

Il fit signe à Gizmo de s'approcher et essaya de se relever de son fauteuil roulant avant de retomber lourdement sous son propre poids. Le lieutenant Christophe *Gizmo* Petitjean se précipita vers son capitaine et lui bloqua les épaules entre ses paluches puissantes.

— Tiens-toi tranquille, capitaine. Le toubib t'a accordé une permission de sortie à condition que tu restes assis dans ce fauteuil. Tu dois te reposer.

— Qu'il aille se faire foutre, maugréa Pétrie. Et puis comment veux-tu pousser ce putain de fauteuil dans les allées du Père-Lachaise ? Hein ? C'est toi qui vas en chier.

Hugo n'avait pas tort. Son adjoint observa le cortège qui arpentait péniblement le chemin pavé filant tout droit vers les hauteurs du cimetière. Il était fatigué d'avance.

— OK, dit-il. Je t'aide à te lever et tu t'accroches à moi.

Pétrie lui servit un sourire fané alors que le colosse le soulevait de son fauteuil comme un grand-père impotent. Il recommençait à peine à sentir ses jambes.

Gizmo l'écrasa contre son torse, et les deux hommes entamèrent leur ascension au milieu des tombes.

— C'est moi qu'on devrait coller au fond de ce trou, pas le gamin, souffla Hugo.

Gizmo ne répondit rien, se contentant de serrer un peu plus fort contre lui la carcasse affaiblie de son ami.

Ils restèrent silencieux jusqu'au bout de l'allée pavée et rejoignirent le reste du cortège. Les regards étaient lourds, les silhouettes recroquevillées autour du cercueil formaient un bloc compact de tristesse infinie. Hugo et son adjoint se postèrent un peu à l'écart de la cérémonie. Ce n'est qu'après la mise en terre qu'ils vinrent saluer les parents de Stan. L'homme et la femme se soutenaient l'un l'autre, courbés par un chagrin impossible à surmonter.

Hugo allait ouvrir la bouche mais la femme le devança.

— Vous étiez avec lui et vous n'avez pas su le protéger. Stan n'avait rien à faire sur ce toit. Il n'avait intégré votre groupe que depuis quelques semaines !

Pétrie ne fit rien pour éviter la gifle puissante que lui décocha la mère de Stan. Il se contenta de reculer d'un pas sous la violence du coup et encaissa sans broncher. Gizmo le rattrapa avant qu'il ne s'effondre alors que la femme s'approchait de lui et l'attrapait par le col de sa veste. Il releva timidement les yeux et osa enfin affronter le visage ravagé par les larmes de cette mère dont il n'avait pu sauver le fils. Lui, le capitaine de police chevronné, cet inconscient qui avait entraîné derrière lui un gamin de vingt-cinq ans ayant déjà failli mourir le matin même.

— Trouvez celui qui a fait ça à mon fils.

— Vous avez ma parole, répondit Hugo dans un souffle.

Le commissaire divisionnaire Vincent Leclerc n'avait pas perdu une miette de la scène. Il attendit que les parents rejoignent le cortège avant d'écraser son mégot sur le pavé et de se diriger vers Hugo et Gizmo.

— Rentrez chez vous, Pétrie, aboya le flic.

Pétrie et Leclerc avaient toujours nourri une haine tenace l'un pour l'autre. Hugo le toisa un instant, puis il sortit un élastique de sa poche et s'attacha les cheveux.

— Je vous déconseille de tenter quoi que ce soit, capitaine. La mère du gosse a raison. C'était un ripeur et il n'avait rien à faire avec vous sur ce toit. J'ai lu votre déposition et toutes ces conneries sur ce soi-disant tueur vaudou. J'ai déjà mis un autre groupe sur cette affaire. Vous êtes suspendu de vos fonctions en attendant les résultats de l'enquête de l'IGPN. Rentrez chez vous, je ne veux plus vous avoir dans les pattes.

— La fille que le prêtre a ramenée d'Haïti, Nylah Dévereaux. C'est elle, la clé de toute cette histoire. Elle était là quand l'autre taré a balancé Stan du toit. Il faut la retrouver.

Leclerc tourna les talons avant de se raviser au bout de quelques mètres et de pointer vers Hugo un index accusateur.

— Oubliez cette Nylah Dévereaux, Pétrie ! Je viens de vous le dire, vous êtes hors jeu sur ce coup-là. Et profitez d'être ici pour aller rendre hommage à votre propre fille !

Hugo repoussa doucement l'étreinte de Gizmo et s'approcha de Leclerc sans un mot. Il sentit ses cervicales se contracter brusquement tandis que son front terminait sa course dans le nez du divisionnaire. Le cartilage se brisa net sous le choc, libérant un flot de sang épais qui inonda la moustache du flic.

Tout plutôt qu'être un mouton de plus.

7

Village de Valsot, Alpes suisses
46° 51' 29" N 10° 25' 24" E

Nylah sirotait son café en admirant la vue à travers les vitres ternes du café-épicerie où elle s'était arrêtée pour faire une pause. Elle jeta un coup d'œil au camping-car que leur avait dégoté Marinette et souffla sur sa tasse brûlante. Elle avait roulé presque d'une traite depuis Paris et avait fini par échouer dans le village de Valsot, petit hameau coincé au cœur d'un massif verdoyant des Alpes suisses. Elle se frotta les yeux et frissonna à nouveau en contemplant le paysage. Elle n'avait jamais rien vu d'aussi paisible. De ces plaines teintées de nuances d'émeraude, jusqu'à ces vallons qui glissaient des montagnes comme des murailles minérales.

Elle pensa à Hugo Pétrie. Le flic avait-il survécu au poison de Zéphyr ? Elle se surprit à s'inquiéter pour cet homme qu'elle connaissait à peine.

Elle le chassa de son esprit et rendit son sourire à la patronne de l'établissement, qui essuyait des verres derrière le comptoir.

Elle détailla les contours du tatouage qui se lovait dans son cou et remontait le long de sa nuque. La femme lui lança un regard franc et la désigna d'un coup de menton.

— Vous êtes française, n'est-ce pas ?

Nylah opina.

— Je le savais, j'ai reconnu votre accent. Qu'est-ce qui vous amène dans ce trou perdu ?

— Envie de changer d'air. Marre de Paris. Et puis on m'a parlé d'un hôtel sympa dans le coin. Le Val Sinestra. Vous connaissez ?

La patronne balança son torchon dans l'évier et alluma une cigarette.

— Bien sûr, c'est tout près d'ici. L'endroit est magnifique, mais c'est très cher pour ce que c'est. Les prix ont flambé depuis ces histoires de fantômes qui hanteraient l'hôtel.

— Des fantômes ? demanda Nylah, intriguée.

— Oui, c'est ce qu'on raconte. Le Val Sinestra est un ancien sanatorium, et vous connaissez les histoires de sanatoriums… Paraît que certaines chambres du sous-sol sont hantées par le fantôme d'un ancien curiste. Ça attire du monde, en tout cas. Même des équipes de tournage. Beaucoup de bruit pour rien, si vous voulez mon avis. C'est juste un bon moyen de faire exploser les tarifs.

Nylah attendit quelques instants avant de répondre. Un début de plan germait dans son esprit.

— Ça fait deux fois que vous me dites que cet hôtel est trop cher. Ça se voit tant que ça, que je suis fauchée ? lança-t-elle en allumant à son tour une cigarette.

La patronne se mit à rougir de confusion.

Nylah poursuivit :

— C'est vrai que je suis un peu à sec en ce moment. La vérité, c'est que je voyage avec mon frère. Il dort dans le camping-car qui est garé là, juste en face. Nous venons de perdre nos parents, et on s'est dit que changer d'air nous ferait du bien. Mais bon, si vous me dites que le Val Sinestra n'est pas dans nos moyens…

La patronne hésita un instant.

— J'ai peut-être une solution. Ma sœur travaille là-bas comme gouvernante. Je sais qu'ils cherchent des femmes de ménage toute l'année. Je peux l'appeler, si vous voulez. Vous ferez d'une pierre deux coups : vous logez à l'hôtel et vous renflouez vos caisses. Qu'en dites-vous ?

— J'en dis que c'est vraiment gentil de votre part. Je ne sais pas comment vous remercier.

— Attendez d'avoir décroché le job, lui lança-t-elle en sortant un téléphone de sa poche arrière. Et méfiez-vous du directeur, Ruben Novak. D'après ma frangine, c'est un chaud lapin !

Zéphyr se redressa sur sa couchette et ajusta son chapeau melon alors que Nylah s'installait sur le siège conducteur. Il s'approcha d'elle et posa son front contre l'appui-tête.

— Cette pause t'a fait du bien ? lui souffla-t-il dans le cou. Je sais que ces dernières vingt-quatre heures ont été compliquées pour toi, petite sœur, mais nous aurons bientôt tout le temps de nous reposer et de profiter de nos retrouvailles.

Nylah pencha la tête par la fenêtre ouverte et ferma les yeux quelques secondes, aveuglée par la lumière du soleil blanc qui tapissait les ruelles du village, puis elle lui raconta sa rencontre avec la propriétaire du café. Zéphyr l'écouta sans l'interrompre, puis sa langue claqua sous son masque.

— On tient Novak. Tu dis que tu as rendez-vous cet après-midi avec la sœur de cette femme ?

Nylah alluma une cigarette et enfonça son bonnet sur sa tête.

— Il faut que tu obtiennes un entretien avec le Lougawou, s'écria Zéphyr. Il le faut absolument, Nylah. Tu comprends ?

La jeune femme le tempéra.

— Ne t'inquiète pas pour ça. Je vais le rencontrer et il va s'en souvenir, ça, je te le promets.

Zéphyr hésita un instant puis il se mit à observer les sommets irisés qui berçaient la plaine tout autour d'eux.

— Dis-moi, petite sœur, est-ce que c'est… ?

Nylah se retourna vers lui et éclata de rire. Elle savait déjà ce qu'il allait lui demander.

— Oui, Zéphyr, c'est de la neige. De la neige comme dans les livres à l'école quand on était petits.

La jeune femme sentit le masque tressaillir légèrement et des larmes chaudes roulèrent bientôt sous les coutures de perles blanches. Elle prit le visage de son frère entre ses mains et embrassa ses joues chiffon.

— Tout va bien. Nous sommes ensemble, désormais. C'est tout ce qui compte.

Le masque s'en retourna vers sa couchette et s'affala en soupirant.

— Oui, tu as raison. Je suis heureux de contempler ces montagnes. Admirer ça de mes propres yeux au moins une fois dans ma vie…

Nylah fit démarrer le véhicule. Il était temps de se trouver un coin tranquille dans les parages du Val Sinestra.

8

Paris, France
48° 49' 03" N 2° 21' 55" E

Gizmo le déposa sur son canapé avec une précaution infinie, comme si le corps de Pétrie menaçait de se disloquer sur le sol de l'appartement. Il se dirigea vers la cuisine et revint s'asseoir en face de lui. Il posa deux gobelets en plastique sur la table basse et commença à les remplir.

— J'étais censé te ramener à l'hosto, Vaillant va nous tomber dessus. Et puis c'est quand que tu vas te décider à acheter de la *vraie* vaisselle ?

Le portable de Pétrie n'en finissait plus de vibrer dans la poche de son blouson. Douze messages en absence depuis leur départ du Père-Lachaise. Il s'enfonça dans son canapé et laissa traîner son regard par-delà le périphérique qui serpentait sous les fenêtres de son appartement.

— Tu devrais répondre, souffla Gizmo en sirotant son scotch.

Pétrie chassa sa remarque d'un geste de la main.

— Tu penses que j'ai eu tort de frapper Leclerc ?

— Je pense qu'il a eu ce qu'il méritait. Il n'avait pas à te parler de Marion.

Hugo ferma les yeux. La simple évocation du prénom de sa fille lui déchirait le cœur. Il n'avait jamais pu se résoudre à retourner sur sa tombe depuis son enterrement deux ans auparavant, alors qu'il était retourné dix fois à la casse de Gennevilliers pour fouiller l'épave, inspectant chaque recoin à la recherche d'un indice qui aurait pu lui expliquer pourquoi sa fille de vingt ans avait perdu le contrôle de son véhicule et fini sa course encastrée dans la pile d'un pont du périphérique ouest. La voiture ne présentait aucun défaut particulier, et l'autopsie du corps n'avait révélé aucune trace d'aucune substance. Marion était totalement lucide et en pleine possession de ses moyens.

Hugo devenait fou à force de ressasser les hypothèses les plus tordues. Il se frotta les yeux et balança un sourire morne à son adjoint.

— Qu'il aille se faire foutre. Cette fois, je lâche l'affaire, Giz. Plein le cul, de ces bureaucrates à la con.

Le géant soupira et se resservit un verre, qu'il avala d'un trait.

— Leclerc ne te lâchera pas. Ce n'est pas que tu lui aies collé un pain qui me dérange, au contraire. Ce type a toujours été un trou du cul. Mais le problème, c'est que tu l'as cogné devant tout le monde. Tu devrais appeler Marc Duveau à l'IGPN. Après tout, c'est ton pote, il peut sûrement te sortir de ce merdier.

Hugo lui adressa un regard sans équivoque.

— Leclerc sait que j'ai des dossiers sur lui. Je peux te garantir qu'il ne bougera pas une oreille.

Gizmo opina sans être vraiment convaincu.

— Et toi, tu vas faire quoi, maintenant ?

— Je dois retrouver cette fille. Elle est la clé. Et il se peut que j'aie besoin d'un coup de main discret. Tu vois ce que je veux dire ?

— Je te suis, capitaine ! s'exclama le géant.

— Trouve-moi tout ce que tu peux sur le père Janssen et sur cette Nylah Dévereaux.

Gizmo s'extirpa tant bien que mal de son fauteuil trop étroit.

— Je repasse au bureau, ça doit pas mal baver sur ton compte. Je te tiendrai au courant.

Hugo le salua d'un signe de tête alors que la porte de son appartement claquait dans son dos. Il frissonna un instant en repensant aux événements des deux derniers jours, puis il ferma les yeux et s'endormit dans l'instant.

Le Pr Vaillant était d'une humeur de chien. Il détestait les corvées administratives de fin de journée et ne se gênait pas pour le faire sentir à son personnel. Il jeta un regard fumasse à sa secrétaire et lui balança au visage les paperasses qu'il venait de signer.

— J'aimerais qu'on ne me dérange plus de la soirée. Ça vous paraît possible ?

La femme rassembla les papiers en hochant la tête et disparut du bureau sans demander son reste. Vaillant attendit d'être seul avant de dénouer son nœud de cravate et de se détendre enfin.

Il sortit une fiole d'un tiroir de son bureau et s'envoya une bonne rasade de rhum. La douleur se faisait plus intense chaque jour. Chacun de ses pas, chacun de ses gestes devenait plus pesant à mesure que la maladie gagnait du terrain et que les muscles de son corps se liquéfiaient les uns après les autres.

« Je suis désolé, Maxime. Ataxie de Friedreich », lui avait annoncé son neurologue quelques années auparavant.

Vaillant s'était emporté. Il avait exigé des explications claires.

« Tu es atteint d'une maladie neurodégénérative rare d'origine génétique. L'ataxie de Friedreich provoque une perte progressive de la coordination musculaire.

— Quels sont les symptômes ?

— Ça commence par des problèmes moteurs : difficultés à marcher, à rester debout, à lever les bras. Tes capacités musculaires vont progressivement décliner. Il se peut qu'ensuite tu ressentes des troubles de l'élocution ou une diminution de l'acuité visuelle. C'est une maladie neurogénétique qui évolue très lentement. D'autres signes en lien avec l'atteinte neurologique progressive se manifesteront par la suite : dégénérescence sensitive associée à une fatigabilité, et parfois un syndrome dépressif. Mais il faut que tu saches que tes capacités intellectuelles ne seront en aucun cas affectées. »

Vaillant s'était levé sans un mot. Il avait boité jusqu'à la porte et quitté le cabinet du médecin en s'appuyant contre les murs pour ne pas défaillir devant les patients qui l'observaient d'un œil inquiet dans la salle d'attente.

La sonnerie de son téléphone le sortit de ses pensées.

— Bon sang, mais quoi encore ?

— Désolé de vous déranger à nouveau, professeur. C'est le capitaine Pétrie, il souhaite vous parler.

Vaillant se frotta les ailes du nez et s'adressa au flic d'une voix d'outre-tombe :

— Vous étiez censé rentrer à l'hôpital directement après l'enterrement. Il est 18 heures, où êtes-vous, capitaine ?

— Je suis rentré me reposer chez moi. Ça va d'ailleurs beaucoup mieux. J'aurais quelques questions à vous poser.

— J'ai reçu un coup de téléphone du commissaire Leclerc à votre sujet cet après-midi.

— Simple chamaillerie entre collègues.

Le médecin laissa planer un silence pesant.

— Je n'étais pas au courant pour votre fille. Je suis désolé.

Hugo encaissa sans broncher.

— Revenons plutôt à notre affaire. Comment va le père Janssen ?

Vaillant lui répondit d'un ton lapidaire.

— Il est décédé d'un arrêt cardiaque en fin de matinée.

Hugo digéra l'information.

— J'imagine que vous allez faire transférer son corps à l'institut médico-légal ?

— C'est déjà fait. J'ai évidemment requis une autopsie.

Hugo connaissait la procédure et ça prendrait du temps. Du temps qu'il n'avait pas.

— Merci, docteur. Tenez-moi au courant des résultats, conclut-il sans se faire la moindre illusion.

— Pas si vite ! Vous devez revenir ici pour des examens complémentaires et…

Pétrie avait déjà raccroché. Il tourna dans son salon comme un lion en cage pendant de longues minutes. Quelque chose clochait avec ce prêtre. Quelle était la véritable nature de ses liens avec Nylah ? Et d'où sortait ce tueur au masque ? Il attrapa son blouson et claqua la porte de son minuscule appartement du 13e arrondissement.

Il était temps d'aller chercher des réponses.

18° 47' 59" N 72° 49' 35" W

Nous avions pris l'habitude de nous arrêter chez la sorcière après chacune de nos corvées d'eau. Elle nous accueillait toujours à bras ouverts sur le seuil de sa porte. Marinette Dévereaux. Marinette Gran Bwa, comme tous la surnommaient dans cette partie de l'île. Une petite femme squelettique au visage sombre et tourmenté qui vivait dans une cabane en plein cœur de la forêt. Tout le monde se méfiait d'elle sur l'île de la Gonâve. Les villageois étaient persuadés qu'elle était la gardienne d'un mapou centenaire dans lequel vivait Gran Bwa, un loa *féroce, maître de la forêt et protecteur des animaux sauvages.*

Zéphyr ne voyait en Marinette qu'une femme qui l'aimait pour ce qu'il était, pas une mambo *démoniaque. Encore moins cette prêtresse vaudoue dont les villageois disaient qu'elle était la plus puissante de l'île.*

J'étais d'accord avec lui, même s'il s'est avéré plus tard que nous avions tort tous les deux.

Elle nous offrait toujours une part de gâteau au beurre alors qu'elle se servait un café corsé qu'elle agrémentait d'une touche de lait. Zéphyr dévorait son assiette en la regardant renverser un peu de sa tasse sur le sol. « Pour nourrir les ancêtres. » C'est ce qu'elle disait en riant. Le garçon ne connaissait pas grand-chose aux pratiques vaudoues à cette époque et il se contentait de lui retourner un sourire moucheté de taches de sucre roux.

Un jour elle l'a pris par les épaules et lui a parlé :

— Je suis fâchée avec mon frère, mais c'est un homme bon et un père qui t'aime de tout son cœur. Ta maman, elle, c'est autre chose. Elle ne te voit pas, mon 'tit ange caramel. Elle ne veut pas te voir parce qu'elle ne le peut pas. Tu es un petit garçon très différent des autres, et c'est ça qui lui fait peur. C'est pour ça qu'elle ne s'occupe que de Nylah. Est-ce que tu comprends ?

Zéphyr ne comprenait pas, bien sûr. Marinette le sentait bien. Elle lui a pris les mains et les a frottées contre ses doigts déformés par l'arthrite.

— Reviens me voir bientôt. Je vais t'apprendre la magie. Ça t'aidera toujours. Et n'en veux pas à ta maman, elle est ignorante et c'est peut-être mieux ainsi. Tout ce que tu as à faire, c'est obéir à ton père, et veiller sur ta petite sœur. Et tiens-toi à l'écart des Blancs. Trop de problèmes.

Ses mots ont résonné longtemps dans la tête de l'enfant. L'avertissement de la mambo *était ferme et tendre à la fois. Un avertissement dont il n'allait pas tenir compte, pour notre malheur à tous.*

9

Val Sinestra, Alpes suisses
46° 51' 05" N 10° 20' 14" E

Nylah ôta ses chaussures et plongea un orteil timide dans le lit de la rivière qui s'étirait au pied de l'hôtel Val Sinestra. La sensation de l'eau vive lui fit l'effet d'une morsure glacée. Elle contempla le reflet des nuages sur la surface miroitante du courant, puis elle s'assit au bord de la rive. Son regard se perdit le long de l'éperon rocheux qui naissait au creux de la vallée et filait tout droit vers une imposante bâtisse.

Nous y voilà, se dit-elle.

La brume enveloppant la vallée brouillait les contours de l'hôtel dans un halo cotonneux.

Elle se retourna et observa Zéphyr ramasser du bois pour leur préparer un feu. Elle le surprit à l'instant où il relevait le bas de son masque pour respirer quelques goulées d'air pur. Elle aurait tellement voulu le toucher, l'embrasser, sentir sa peau contre la sienne et puis ralentir les battements de son cœur pour qu'ils s'alignent sur les siens. Mais elle ressentait trop clairement le venin de la vengeance qui roulait dans ses veines comme un train fantôme lancé à pleine vitesse.

Son regard s'accrocha un peu plus loin dans la forêt. Elle contempla les lourds feuillages mordorés et repensa au grand flamboyant de son enfance en Haïti, où les arbres avaient quasiment disparu sous les coups de machette des fabricants de charbon.

— Tu es prête à partir ?

Un léger frisson parcourut la jeune femme quand la voix de son frère résonna dans son dos.

— Oui. Je vais monter à pied jusqu'à l'hôtel. Et toi ?

— Je vais camoufler le camping-car et préparer la cérémonie pour Novak.

Les lèvres de Nylah s'arrondirent en un O admiratif quand elle pénétra dans le hall Art déco de l'hôtel Val Sinestra. Tout ici respirait une autre époque. Elle ralentit le pas et s'émerveilla devant le mobilier en bois rustique, les chaises couvertes de toile rouge vif, le parquet aux lattes parfaitement symétriques qui exhalait une puissante odeur de cire. Elle laissa courir ses doigts sur les touches du piano dans un coin de la salle et adressa un clin d'œil complice au faucon empaillé qui la toisait depuis son perchoir. Elle pouvait presque ressentir la rumeur des conversations qui avaient autrefois animé cette salle. Elle imagina le tintement des verres et les éclats de rire des curistes, le ballet ininterrompu des serveurs virevoltant d'une table à l'autre au rythme des mélopées de piano d'un autre siècle.

Une toux agacée la fit se retourner. Une femme entre deux âges en tailleur strict la jaugeait d'un air sévère teinté de surprise. L'irruption en ces lieux d'une jeune femme noire d'un mètre quatre-vingts était aussi improbable pour elle qu'une tempête de neige en plein désert.

Nylah ignora l'onde de mépris qu'elle détecta dans les yeux de la femme.

— Vous êtes Annette, n'est-ce pas ? demanda-t-elle. Je suis Nylah Dévereaux. Votre sœur vous a appelée à mon sujet tout à l'heure. Elle m'a dit que vous aviez peut-être du travail pour moi.

La femme resta de marbre, les lèvres plissées dans un sourire contraint. Elle bredouilla enfin :

— Oui, ma sœur, bien sûr. Mais c'est-à-dire que… elle ne m'avait pas dit que vous étiez… Enfin, vous voyez…

Nylah voyait très bien. Elle sentit ses poings se contracter au fond des poches de sa parka.

— Oui, je suis noire. C'est un problème ?

La question cueillit la gouvernante, qui se tordit les doigts d'embarras. Elle allait répondre quand une voix tonitruante rebondit aux quatre coins du hall.

— Annette, bon sang ! Où étiez-vous ? Je dois accueillir ces foutus chasseurs de fantômes dans vingt minutes ! Je remonte au bureau, dites-leur de m'y rejoindre dès qu'ils seront là.

Nylah observa l'homme qui venait de faire son entrée. Grand, mince, vêtu d'un costume sombre parfaitement ajusté. Ses cheveux gris étaient ramenés en arrière et noués en catogan. Ses yeux noirs étaient cerclés de fines lunettes en demi-lune qui lui donnaient des allures de vieux conférencier.

— Excusez-moi, vous êtes M. Novak ? s'écria Nylah, qui ignora l'œillade mauvaise que lui lançait la gouvernante.

L'homme la toisa sans répondre, puis il ôta ses lunettes et se mit à en mordiller une branche d'un air intéressé. Nylah se laissa déshabiller du regard et s'amusa presque de la lueur de convoitise qui grandissait dans les yeux de Novak à mesure qu'il la détaillait de la tête aux pieds sans affecter la moindre gêne.

— Vous êtes… ?

Nylah contourna la gouvernante et lui tendit la main.

— Nylah Dévereaux. Je viens d'arriver en Suisse et je cherche du travail. On m'a dit que vous cherchiez des femmes de ménage.

L'homme se reprit et lui répondit sèchement :

— Je ne m'occupe pas du recrutement du personnel. Voyez ça avec Annette.

Nylah affecta une moue déçue et s'engouffra dans la brèche.

— C'est-à-dire que… J'ai bien essayé, mais il semblerait qu'il y ait un problème.

— Un problème ? fit Novak en fronçant les sourcils.

— Oui, un problème avec ma couleur de peau.

Le directeur lança un regard courroucé à la gouvernante, qui baissa les yeux. Il fit signe à Nylah de le suivre.

— Allons dans mon bureau, voulez-vous ? On devrait bien vous trouver quelque chose à faire.

Nylah lui emboîtait le pas quand il se retourna brusquement vers la gouvernante.

— Quant à vous, Annette, on réglera ça plus tard !

Les couloirs desservant les chambres de l'étage étaient à l'image du spectacle éblouissant qui lui avait sauté aux yeux dès le hall d'entrée. De longs corridors tapissés d'une épaisse moquette rouge, des murs blancs décorés de vieilles photos qui représentaient des scènes quotidiennes de l'ancien sanatorium. Les visages reconnaissants de patients qui posaient avec le personnel soignant. Des photos des équipements de pointe qui avaient fait la réputation des lieux au début du siècle passé.

Novak pressa le pas jusqu'au bout du couloir et s'arrêta devant une porte de chambre anonyme.

— C'est ici, votre bureau ? demanda Nylah, étonnée, alors que le directeur fouillait dans les poches de sa veste à la recherche de ses clés.

— Oui, enfin, non. C'est provisoire. Mon bureau se situe au rez-de-chaussée, près de l'office, mais il est en travaux. Et puis c'est Annette qui m'a conseillé de m'installer ici en attendant. Chambre 237, vous saisissez ?

La jeune femme lui décocha un regard incrédule.

— Mais si, voyons, dit-il avec un sourire. Ce film où un écrivain devient fou dans un hôtel semblable à celui-ci. C'est dans la chambre 237 que le personnage rencontre une très belle femme entièrement nue qui se révèle être un fantôme au corps putréfié. Mes clients adorent !

Nylah esquissa une moue dubitative et le suivit dans la pièce. Novak l'invita à s'asseoir et lui proposa un verre de vin, qu'elle refusa poliment. Il se servit et but d'un trait sans jamais la quitter des yeux.

— Si j'osais...

La jeune femme lui retourna un regard faussement effarouché.

— Osez, monsieur Novak. Osez.

— Pourriez-vous ôter votre bonnet ?

Nylah hésita une seconde puis s'exécuta timidement. Elle fourra son bonnet dans sa poche et ébouriffa d'un geste rapide la crête écarlate qui hérissait son crâne. Novak se renfonça dans son fauteuil sous l'effet de la surprise.

— Bon sang, vous êtes… Vous êtes sublime ! bredouilla-t-il. Votre coiffure me rendrait presque nostalgique.

— Je vous demande pardon ?

— Cette crête rouge. Vous me faites penser à ces coqs de combat en Haïti. D'où êtes-vous originaire, à ce propos ? Afrique, Caraïbes ?

— Je suis née en Haïti, mais j'ai vécu presque toute ma vie en France.

— À la bonne heure ! J'ai, moi aussi, passé quelques années en Haïti. Cette île restera à jamais gravée dans ma mémoire. Et ces fameux coqs de combat dont je vous parle ! Je passais tout mon temps libre à parier sur les combats dans les gallodromes de la banlieue de Port-au-Prince. Saviez-vous que les propriétaires des coqs leur rasent les pattes jusqu'aux cuisses en les frottant avec du gingembre écrasé ? Il paraît que ça raffermit la peau.

— Je l'ignorais, prétendit la jeune femme.

Le regard de Novak se perdit un instant par la fenêtre de la chambre. Il observa la cohorte translucide des nuages par-delà les sommets enneigés et poussa un soupir un peu triste.

— C'était il y a bien longtemps, hélas.

Il attrapa la bouteille de vin et la tendit à Nylah.

— Vous êtes sûre de ne pas vouloir m'accompagner ?

Elle fit mine d'hésiter, puis céda.

— Après tout, pourquoi pas. Dites-moi, qui est cet homme en photo sur le mur derrière vous ? demanda-t-elle en désignant du doigt le portrait sépia d'un individu au visage enfantin dont les traits poupons et la chevelure frisée contrastaient avec son regard fixe et vitreux.

— Lui ? C'est Guillon, notre fantôme ! s'écria Novak d'une voix empreinte de fierté.

Nylah porta à sa bouche le verre de vin que le directeur lui tendait.

— On m'a parlé de ces histoires de fantômes au village. Est-ce que vous y croyez ?

Novak éclata de rire.

— Bien sûr que non, ma chère. Mais beaucoup de gens se passionnent pour les phénomènes paranormaux, et ça assure le taux de remplissage de mon hôtel. C'est tout ce qui compte.

— Et ce Guillon, c'était qui ?

— Un patient du Val Sinestra, à l'époque où l'hôtel était encore un sanatorium, dans les années 1920. On raconte qu'il est tombé amoureux d'une femme de ménage qui travaillait ici. Hélas, à l'époque, les relations entre les curistes et les membres du personnel étaient strictement interdites. La jeune femme a été mise à la porte quelques jours avant que Guillon ne succombe à une pneumonie foudroyante sans jamais avoir revu sa belle. À la suite de sa mort, des phénomènes étranges ont été observés dans les couloirs du Val Sinestra. Des portes ou des fenêtres qui s'ouvraient sans raison, le piano du hall qui se mettait à jouer tout seul, ce genre de choses. L'ancienne directrice a fini par faire venir deux médiums. Ils ont pu identifier notre fantôme, qui leur aurait raconté sa triste histoire. Mais ne vous inquiétez pas, il semble ne se promener qu'au sous-sol.

— Qu'y a-t-il au sous-sol ?

Novak se lissa les cheveux du plat de la main et la dévora des pieds à la tête d'un regard de prédateur à l'affût.

— C'est en bas que se trouvent les anciennes chambres de soins et tout l'équipement technique du sanatorium. Mais son accès est interdit au public et je suis le seul à avoir les clés. Cela dit, je me ferais un plaisir de vous faire visiter les installations, ma chère.

L'endroit idéal, pensa Nylah.

Elle reprit :

— C'est-à-dire que j'étais venue pour un travail et…

— Et vous l'avez trouvé, ce travail, asséna Novak en se fendant d'un clin d'œil sans équivoque. Que diriez-vous de fêter la nouvelle ? Ce soir ? J'ai du champagne au frais. 22 heures ici même ? Dites oui, Nylah, je vous en prie.

Elle songea à Zéphyr qui se tenait là, tapi dans l'ombre. *Je t'avais bien dit qu'il me remarquerait*, lui murmura-t-elle mentalement, un étrange sourire accroché aux lèvres.

— Oui, c'est d'accord. Mais pas ici, s'il vous plaît. Cette chambre me met mal à l'aise. Vous parliez de me faire visiter le sous-sol ?

18° 47' 59" N 72° 49' 35" W

On a d'abord cru qu'une bête sauvage s'était prise dans un piège quelque part dans la forêt. Zéphyr a laissé tomber la calebasse qu'il remplissait d'eau et a tendu l'oreille vers ce feulement sourd s'amplifiant au-dessus de nos têtes jusqu'à devenir un grondement qui semblait se ruer sur nous. Moi, je suis allé me cacher derrière un arbre alors que lui s'est contenté de lever le nez au ciel et de suivre du regard le petit avion à deux hélices qui rasait lentement la cime des arbres.

Il a attaché la mule et il s'est mis à courir vers la lisière de la forêt jusqu'à une prairie aride qui filait à perte de vue vers les rives de l'océan. J'ai fini par me décider à le rejoindre tout en restant à bonne distance. L'avion a amorcé un virage serré avant de piquer vers la langue de terre desséchée où il s'est posé dans un fracas assourdissant de rocaille et de poussière mêlées.

Zéphyr n'a pas manqué une miette du spectacle. Il avait déjà vu des avions survoler la cour de la ferme familiale, leurs silhouettes lointaines découpaient l'horizon en fines stries de fumée blanche. Il les contemplait, une main en visière sur les yeux, jusqu'à ce que leurs sillages poudreux se désagrègent pour de bon dans le bleu du ciel.

C'était un moment précieux, un moment qui n'appartenait qu'à lui.

Et chaque fois il croisait les doigts, et chaque fois il fermait les yeux pour qu'un jour ou l'autre un de ces avions l'emmène loin d'ici.

Quand il a rouvert les yeux, ce matin-là, il a aperçu quatre soldats et un pilote qui s'extirpaient péniblement d'une carlingue fatiguée et se précipitaient vers l'arrière du petit bimoteur. Le pilote a ouvert une trappe et les quatre hommes en ont sorti des caisses en bois qu'ils ont empilées sur le sol. J'ai entendu la mule braire derrière nous en mâchouillant sa corde. Zéphyr aussi. Il s'est retourné un instant pour vérifier qu'elle était toujours bien attachée à son arbre, puis son regard s'est à nouveau porté sur l'avion immobilisé sur la piste de fortune.

Le pilote regardait vaguement dans notre direction, mais les soldats, eux, n'étaient plus que trois.

C'est à ce moment-là que Zéphyr s'est mis à courir vers moi comme un dératé. Les yeux exorbités, le souffle court, il s'est mis à hurler :

— Lucius ! Sauve-toi !

J'aurais tellement aimé affronter ce soldat qui poursuivait le garçon, un fusil à la main. Mais je n'ai jamais été très courageux et je me suis contenté de me cacher dans les herbes hautes. Le soldat a attrapé Zéphyr par le col de son T-shirt. Il l'a projeté à terre d'un violent coup de pied dans les reins, puis il l'a plaqué au sol en lui écrasant la nuque sous le talon de sa chaussure. J'ai vu la joue de Zéphyr racler la caillasse et une corolle de sang s'est ouverte sous son visage comme un coussin liquide et chaud.

J'ai rampé à reculons jusqu'à me mettre à bonne distance du danger, mais l'homme ne m'avait pas remarqué, occupé à brailler vers les trois autres qui arrivaient sur nous en courant.

— Ho, les gars ! Je viens d'écraser un petit cafard !

10

Montreuil, France
48° 51′ 18″ N 2° 25′ 21″ E

L'alarme de la fermeture des portes avait déjà retenti depuis quelques secondes, mais ses jambes ne le portaient pas encore suffisamment pour qu'il se mette à courir. Il s'apprêtait à renoncer et à attendre le métro suivant quand une main puissante l'attrapa par le bras et le tira sans ménagement à l'intérieur de la rame. Hugo remercia d'un signe de tête l'inconnu qui venait de le faire entrer à la dernière seconde. Il allait ouvrir la bouche pour le remercier de vive voix lorsque l'homme détourna le regard en vissant des écouteurs au fond de ses oreilles. Le flic l'observa un peu plus en détail. Le type était massif, mais, le plus impressionnant, c'étaient ses longues dreadlocks qui lui tombaient jusque dans le bas du dos. Hugo lui sourit une dernière fois puis recula vers le fond de la rame, où venait de se libérer un siège.

Il pensait à Nylah. Son regard, son visage, tout son être provoquait en Pétrie une cavalcade de sentiments contraires qu'il aurait voulu refouler, mais qui roulaient sous sa peau, malgré les signaux d'alarme s'allumant un peu partout dans sa tête.

La jeune femme avait paru sincèrement touchée par le sort de Janssen, pourtant quelque chose clochait dans son attitude. Comme cet agacement à peine voilé quand elle avait découvert le prêtre allongé sur son lit d'hôpital, et plus encore au-dehors quand elle lui avait soufflé sa fumée de cigarette au visage.

Savait-elle *déjà* ce qui était arrivé au père Janssen ?

Il descendit à la station Robespierre et fit quelques mètres sur le quai avant de se retourner avec la désagréable sensation que quelqu'un l'observait. L'homme aux dreadlocks se tenait toujours debout à la même place, le nez collé contre la vitre. Il salua Hugo d'un coup de menton, le visage fendu d'un étrange sourire.

Et puis la rame l'emporta.

Hugo observa la façade délabrée du squat sans oser lever les yeux jusqu'au toit. Il monta les marches de l'escalier branlant en s'aidant de la rambarde et se fraya un chemin jusqu'à l'appartement condamné par les rubalises de l'identité judiciaire. 19 heures : les types avaient fini leur journée. Il s'accroupit douloureusement et se glissa sous les bandes de scotch jaune et noir. Le taudis marinait dans son jus, somnolant dans la pénombre du début de soirée. Hugo sortit son portable et alluma la lampe torche. Il commença à balader le faisceau de lumière le long des tentures colorées qui décoraient les murs. Il s'imprégnait des lieux. Il buta contre des bougies éteintes éparpillées un peu partout, puis il se concentra sur les symboles étranges dessinés à la craie sur le sol de béton.

Il prit quelques photos, puis il se décida enfin à affronter ce qu'il était venu chercher.

Il sortit de l'appartement et grimpa les marches qui le séparaient du dernier étage. L'escabeau était toujours à sa place. Il sortit une paire de gants de sa poche et se hissa péniblement à l'extérieur. Le toit baignait dans les reflets d'une lune pâle en forme de griffe qui pointait entre les nuages. Hugo resta assis quelques instants sur les gravillons. La fatigue et le chagrin lui broyaient la nuque, et il ne parvenait pas à chasser de son esprit le souvenir de Stan. Quelque chose s'était déroulé ici. Quelque chose qu'il n'oublierait pas, mais il lui fallait mettre sa douleur de côté pour le moment.

Le temps passa sans lui pendant quelques secondes, puis il se releva et s'approcha avec précaution du rebord du toit. Il vint se placer à l'endroit exact où le tueur se tenait quand il avait balancé le jeune policier dans le vide. Il jeta un coup d'œil par-dessus la rambarde et se sentit soudain projeté dans le corps du gamin, incapable de bouger et de se raccrocher à quoi que ce soit lors de sa chute.

Il tremblait encore sur ses jambes quand son regard accrocha un petit objet sur le rebord de la fenêtre du dernier étage. Il se retourna d'un bond et boita jusqu'à la trappe. Arrivé au pied de l'escabeau, il dégaina son arme et fracassa la porte de l'appartement d'en face d'un coup de talon. L'effort et la douleur le coupèrent en deux. Il s'appuya contre le chambranle et reprit son souffle en se frayant un chemin à travers les gravats et les déchets qui s'amoncelaient dans toutes les pièces. Parvenu à la chambre du fond, il ouvrit la fenêtre et s'empara de l'objet qu'il avait repéré depuis le toit.

Une poupée.

Une minuscule poupée de chiffon.

Il la fourra dans sa poche et redescendit l'escalier. Haïti, encore. À qui appartenait cette poupée ? Un début de réponse se superposa à sa question. Une réponse qu'il pouvait peut-être obtenir de manière simple et évidente.

Il attrapa son téléphone portable et composa le numéro de Nylah Dévereaux.

11

Val Sinestra, Alpes suisses
46° 51' 05" N 10° 20' 14" E

Novak contemplait son reflet dans le miroir de sa chambre. Il se lissa un sourcil du plat de l'index, puis rajusta le nœud papillon de son smoking blanc en avalant d'une traite sa deuxième coupe de champagne. À quoi ressemblait-il aujourd'hui ? Il fit un rapide check-up : mis à part ce début de calvitie et ces quelques rides qui alourdissaient son regard clair, il était encore plutôt bel homme. Il se servit une nouvelle coupe et vint se poster à la fenêtre.

Elle n'allait plus tarder.

Un léger frisson parcourut sa peau quand il aperçut la silhouette de Nylah qui arrivait à pied par la route escarpée menant jusqu'à l'hôtel. Il avait toujours méprisé les femmes, les considérant comme des objets de chair destinés à satisfaire ses appétits, mais cette créature sublime avec laquelle il avait rendez-vous l'avait envoûté jusqu'au tréfonds de l'âme.

Et, pour la première fois de sa vie, Ruben Novak se surprit à rêver à quelque chose de plus grand, quelque chose de plus fort. Une soif qu'il ne pourrait pas étancher d'un simple claquement de doigts adressé à une énième femme de ménage. Tout en Nylah le ramenait là-bas, sur les rivages écrasés de soleil de la mer des Caraïbes, comme un bain de jouvence, un rayon de pureté qui pourrait enfin l'absoudre de tous ses péchés. Il ferma les yeux un peu plus fort en repensant à toutes ces horreurs qu'il avait commises durant ces années passées auprès de Kœnig, Janssen et Dapper : les Lougawous, comme ils se surnommaient là-bas. Et à la façon dont lui, Ruben Novak, avait finalement accepté de trahir leur chef sous l'impulsion de Max Dapper. Les mots du Néerlandais se bousculaient encore dans sa tête :

« On balance Kœnig au gouvernement d'Aristide et on négocie notre sortie. Fin de l'histoire. »

Novak avait vaguement tenté de s'interposer. Janssen, lui, priait comme à son habitude dans un coin de la pièce.

« Si nous le dénonçons, ils vont l'abattre. »

Dapper lui avait répondu d'une voix sèche :

« Pas mon problème. C'est notre seule chance d'en sortir vivants. Vivants et les poches pleines. »

Novak avait finalement quitté Port-au-Prince et s'était installé dans le domaine familial des faubourgs de Pretoria, en Afrique du Sud. Son père, riche propriétaire d'une chaîne d'hôtels de luxe, l'avait accueilli sans poser de questions et avait accepté que son fils disparaisse dans sa chambre pendant plusieurs semaines sans l'ombre d'une explication sur sa démission des forces armées. Jusqu'au jour où il vint frapper à sa porte et lui offrit de prendre la direction d'un de ses hôtels. Le Val Sinestra. Une planque idéale au cœur des Alpes suisses, loin, très loin des plaies béantes qui suppuraient encore sous un soleil dégénéré à sept mille cinq cents kilomètres de là.

*

Zéphyr attisa les braises du feu de camp. Nylah observait, fascinée, le crépitement des flammes qui se reflétaient sur les perles cousues du masque vaudou. Elle devina un sourire de satisfaction se dessiner sous l'étoffe sombre quand elle termina de raconter à son frère sa rencontre avec Novak.

— C'est parfait, dit-il d'une voix douce. Tu vas y retourner ce soir comme prévu. J'irai me cacher dans le sous-sol et je préparerai la cérémonie en attendant que tu m'amènes Novak.

— Et ensuite ? demanda Nylah.

Zéphyr prit quelques secondes avant de lui répondre. Il sentait une pointe d'inquiétude dans la voix de sa sœur. Il pouvait la comprendre.

— Tu ne peux pas assister à la cérémonie. Tu es une profane et c'est un rituel qui ne peut être célébré que par un *oungan*. Un sorcier. Tu resteras dans le camping-car pendant que je m'occupe de lui. Je suis désolé.

La jeune femme soupira, secrètement rassurée de ne pas avoir à assister à la mise à mort de Novak. Zéphyr balança quelques branches dans le feu et suivit du regard les braises crépitantes qui tournoyaient dans l'air à l'assaut de la silhouette lugubre du Val Sinestra. Il fouilla dans la poche de sa veste et tendit à Nylah une fiole translucide.

— Il faut que Novak avale cette poudre. Ça ne le tuera pas, ça va juste l'endormir une heure ou deux. C'est ça, ta mission.

Une odeur puissante sortit Ruben Novak de sa léthargie. Un effluve lourd chargé de carbone et de soufre.

Il ouvrit les yeux et découvrit le plafond craquelé à seulement quelques centimètres de son visage. Il tenta de bouger, mais tout son corps était sanglé sur une table de bois épaisse fixée au plafond par un système de cordes et de poulies. Un soulève-malade. De ceux qu'on utilisait au début du XXe siècle – du temps où le Val Sinestra était encore un sanatorium – pour porter les curistes et leur faire prendre des bains dans les sous-sols aménagés.

Il connaissait par cœur les moindres recoins de cette salle où il avait l'habitude d'inviter ses futures conquêtes à partager un verre avant de systématiquement parvenir à ses fins. Qu'elles fussent ou non consentantes, ce n'était pas son problème.

Mais, cette fois, les rôles s'étaient inversés.

Il revit le beau visage de Nylah qui lui souriait alors qu'il l'invitait à entrer dans la salle. Le plop joyeux de la bouteille de champagne qu'il venait d'ouvrir en son honneur. La jeune femme paraissait détendue, heureuse de partager ce moment avec son nouveau directeur.

Il s'était absenté une seconde, le temps pour lui de préparer la dose de GHB qu'il allait verser dans son verre à la première occasion. Il aurait voulu se passer de cette drogue, bien sûr, mais comment pourrait-il posséder la jeune femme sans un petit coup de pouce chimique ? Son émoi de l'après-midi n'était plus qu'un vague souvenir, la marque d'une faiblesse passagère, rien de plus. Il s'était rassis à table et avait à nouveau trinqué avec Nylah. Elle l'observait différemment, cette fois. Son regard semblait voilé par le regard d'une autre. Une autre qui soudain n'était plus cette jeune Haïtienne désirable mais son négatif. Elle lui décocha un étrange sourire, empreint de haine et d'indifférence. Il comprit que c'était elle qui venait de l'empoisonner. Il avait sondé ses yeux une dernière fois avant de perdre connaissance tout en se maudissant de ne pas l'avoir reconnue plus tôt.

Il perçut le grincement sinistre d'une poulie qu'on actionnait depuis le sol. Quelqu'un manœuvrait pour le faire descendre. Il se démena comme un forcené pour essayer de se libérer, mais les liens qui l'entravaient étaient bien trop serrés. La table se rapprochait lentement de l'antique baignoire en émail carrelée de noir et de blanc. Novak aurait voulu hurler, mais aucun son ne sortit de sa bouche. Il se dévissa le cou vers la gauche et découvrit les contours d'un chapeau melon poussiéreux, puis apparut un masque de mort qui semblait presque lui sourire. L'homme en complet sombre maniait sans effort le système de levage, relâchant la tension centimètre après centimètre jusqu'à ce que le corps nu de Novak effleure la surface de la baignoire de soins.

Novak observa ses membres disparaître dans un liquide sombre et visqueux. Zéphyr attendit qu'il soit immergé jusqu'au cou avant de bloquer la corde du soulève-malade, puis il vint s'asseoir tranquillement sur le rebord de la baignoire.

— J'ai lu quelque part que les bains de pétrole étaient une pratique courante en Azerbaïdjan, murmura-t-il en dégainant une lame du fourreau de sa canne-épée. Je n'avais pas de pétrole sous la main, hélas. Aussi me suis-je permis de me servir dans les réserves de fioul de l'hôtel. J'espère que tu ne m'en voudras pas… ?

En guise de réponse, Novak vomit un flot de bile qui faillit l'étouffer.

— Ne perdons pas de temps. Tu sais qui je suis, n'est-ce pas ? lança Zéphyr avec impatience.

Novak se cogna la tête contre les rebords de la baignoire en hurlant.

— C'est impossible ! Tu es mort, éructa-t-il dans un souffle au goût acide. J'ai vu Kœnig te coller une balle dans la tête. Ça ne peut pas être toi !

— Vous étiez quatre, ce jour-là, siffla le masque. J'ai déjà réglé son compte au *padre*. Qui sont les deux autres et où sont-ils en ce moment ?

Zéphyr fit tournoyer sa lame dans l'air empuanti de la pièce. Il l'approcha du visage de Novak, qui ferma les yeux de toutes ses forces.

— Max Dapper et Peter Kœnig, lâcha-t-il enfin.

— Dis-m'en plus, monsieur le directeur.

— Je… Je n'ai plus jamais revu Dapper depuis que nous avons quitté Haïti, je le jure, mais je sais que Kœnig est toujours là-bas. On raconte qu'il s'est enfui avec sa bande de Chimères dans le nord de l'île et qu'il vit sur un vieux cargo abandonné.

— C'est quoi, ça, des Chimères ?

— D'anciens membres des gangs de Port-au-Prince. Kœnig les a recrutés pour son propre compte. Des types complètement fous, camés jusqu'aux yeux, je ne sais rien de plus. Et c'est Kœnig qui t'a tiré dessus ce jour-là, pas moi ! Jamais je n'aurais fait de mal à un enfant !

Zéphyr déposa sa lame sur le sol et tira sur la corde du soulève-malade. L'ancien Casque bleu émergea du liquide gras dans un bruit de succion obscène. Le masque détailla d'un œil satisfait le tableau du corps entravé qui dégoulinait de fioul comme un pinceau humain. Novak ne put soutenir le regard de l'homme qui s'approcha soudain de lui, jusqu'à effleurer son visage déformé par une grimace de terreur pure.

— Je te l'accorde, acquiesça Zéphyr. Tu ne m'as rien fait. Mais je t'ai vu gratter l'allumette qui a mis le feu à mon père ce jour-là...

Le directeur ne répondit rien. Il se contenta de suivre du regard l'homme au masque qui s'emparait d'un objet dissimulé dans le fond de la pièce. Un objet dont Novak s'était souvent servi à l'époque et qui lui arracha des sanglots pathétiques.

Zéphyr posa le pneu sur sa poitrine, puis il plongea sa canne-épée dans la baignoire et sortit un briquet de sa poche. La flamme s'embrasa dans l'instant sous les yeux exorbités de Ruben Novak.

— Tu te souviens de ça, pas vrai ? murmura-t-il. Le collier de feu... Cette fois, il est pour toi.

Les jointures des doigts de Nylah blanchissaient sur le volant. Elle ne cessait de penser à Hugo Pétrie, qui avait essayé de la joindre un peu plus tôt dans la soirée. Elle avait sorti son téléphone de la poche de sa parka et son regard s'était figé quand elle avait reconnu le numéro du flic. Un million d'informations contradictoires percutaient son esprit en fractales désordonnées. Que faire ? Se débarrasser de son portable, là, tout de suite ? Mais, ensuite, prendre le risque de ne plus jamais pouvoir contacter Pétrie si les choses tournaient mal ? Nylah était complètement perdue, tiraillée entre la soif de vengeance de son frère qui ne parvenait pas à déteindre sur elle et son envie d'en finir avec les monstres du passé.

C'est alors qu'elle vit Zéphyr se hisser du sous-sol par un vasistas enfumé. Il épousseta son costume et traversa lentement le parking désert avant de s'engouffrer dans le camping-car.

— C'est terminé ? demanda-t-elle.

— C'est terminé. Tu peux me passer ton téléphone ? Je dois parler à Marinette, c'est urgent.

La jeune femme se contracta sur son siège à l'idée que son frère découvre l'appel en absence du flic. Elle lui tendit son portable d'une main tremblante. Zéphyr ressortit du véhicule sans un mot et s'éloigna sur le terre-plein désert. Il s'en voulait d'avoir fait croire à sa sœur que la mise à mort de Novak était un rituel dont elle était exclue. Ce n'était qu'un simple assassinat, précis et calculé. Il voulait simplement la tenir à l'écart d'un nouveau spectacle de violence et de sauvagerie. Il chassa le souvenir de sa petite sœur hurlant de peur alors que Novak la fourrait sans ménagement dans le coffre du 4x4 des Lougawous.

La vieille *mambo* décrocha à la deuxième sonnerie.

— Mon 'tit ange caramel, s'écria Marinette d'un ton rassuré. Où êtes-vous ? Toujours en Suisse ?

— J'ai réglé son compte à Novak. Il m'a donné le nom des deux autres. Peter Kœnig et un certain Max Dapper.

Elle écouta Zéphyr lui raconter la mort de Novak en détail et poussa un long soupir satisfait.

— Tu as fait ce qu'il fallait. Quant à ce Kœnig, s'il est toujours en Haïti, je vais le retrouver.

La voix de la *mambo* se fit soudain plus grave.

— Il est temps pour nous de rentrer au pays, mon 'tit ange. Je vais m'occuper des billets d'avion pour Nylah et moi. Fais en sorte qu'elle me rejoigne demain matin à l'aéroport de Zurich après t'avoir déposé dans le quartier d'Oerlikon. J'ai des amis là-bas. Des gens de chez nous. Ils veilleront à ce que tu nous rejoignes au plus vite.

Zéphyr nota l'adresse puis il détruisit le téléphone à coups de talon. Il se baissa et ramassa les débris de la carte SIM, qu'il fourra dans la poche de sa veste avant de s'installer dans le camping-car.

— Pourquoi as-tu fait ça ? s'écria Nylah.

— Personne ne doit remonter notre piste.

La jeune femme sentit soudain une intense fatigue s'abattre sur ses épaules, alors que Zéphyr contemplait la spirale de fumée noire qui s'échappait des soubassements de l'hôtel.

— On fait quoi, maintenant ? demanda-t-elle.

— On file d'ici, direction Zurich. Arrivés là-bas, on se sépare. Tu me déposes chez des amis de Marinette et tu files à l'aéroport. Elle t'attendra là-bas. Ensuite, vous partirez toutes les deux.

— Toutes les deux ? Mais… et toi ?

— Je ne peux pas prendre le risque de me montrer en public. Et puis, mon visage, il est… Bref, je vous rejoindrai plus tard.

— Nous rejoindre ? Mais on va où, bordel ?

Zéphyr se retourna vers Nylah et lui décocha une œillade complice.

— On rentre enfin chez nous, petite sœur.

Deuxième partie

Le sang des Chimères

18° 47' 59" N 72° 49' 35" W

J'étais complètement paniqué. Le soldat a remis Zéphyr sur ses pieds en le tirant par les cheveux. L'enfant a gémi et s'est pris la joue à deux mains alors que les trois autres soldats arrivaient à notre hauteur, rejoints par le pilote. Un des soldats a ôté son chapeau et s'est épongé le front en soupirant.

— Bordel, comme si on avait besoin de ça ! Bute-le, Kœnig. On n'a pas le temps pour ces conneries.

— Détends-toi, Dapper, il peut nous être utile.

Le pilote de l'avion s'est interposé entre les deux hommes.

— Ce n'est qu'un gamin. Laissez-le en vie ou trouvez-vous quelqu'un d'autre pour vos magouilles.

Un autre soldat a pris la parole. Il semblait calme, presque serein. Il a détaché une gourde de sa ceinture et l'a tendue à l'enfant.

— Je suis d'accord avec Donatien. Laissons-le partir.

Celui que les autres appelaient Kœnig a regardé autour de lui sans dire un mot. Il semblait réfléchir. Enfin, il a tranché et s'est adressé directement à Zéphyr :

— Tu viens souvent dans le coin, petit ?

Le garçon a fait oui de la tête. La douleur qui irradiait de sa joue devenait insupportable.

— Je viens chercher de l'eau dans la forêt trois fois par semaine, a-t-il balbutié.

L'homme a allumé une cigarette et il a repris :

— Parfait. À partir d'aujourd'hui, je veux que tu reviennes ici tous les mercredis à midi pile.

Kœnig s'est retourné vers le pilote.

— Donatien, tu fonces à l'avion et tu me prends un des téléphones prépayés.

Dapper fulminait dans son coin.

— C'est n'importe quoi. Ce môme nous balancera à la première occasion.

Mais Kœnig ne l'écoutait plus. Il a mis un genou à terre et a posé une main sur la tête de Zéphyr.

— Je veux que tu reviennes ici mercredi prochain et que tu surveilles les alentours. On va te donner un téléphone. Ton boulot, c'est de surveiller le secteur avant qu'on atterrisse. Si tu vois quelque chose de louche, tu nous préviens. Est-ce que c'est clair ?

Dapper s'est à nouveau interposé.

— Putain, Kœnig, t'as pété un plomb ? Confier notre sécurité à ce gamin ?

L'homme s'est relevé et il a claqué son chapeau contre sa cuisse dans un geste exaspéré.

— Je ne veux pas prendre le risque que les villageois découvrent qu'un de leurs mômes a disparu. Ça pourrait les attirer jusqu'ici. À moins que tu n'aies un autre endroit pour faire atterrir un bimoteur rempli de dope avec un cadavre à bord.

Kœnig s'est adressé à nouveau à l'enfant :

— Alors, le môme ? Décide-toi vite, on a encore du boulot.

J'ai vu Zéphyr se tortiller d'un pied sur l'autre. Il a relevé les yeux vers Kœnig.

— Je… Je veux être payé.

L'homme a éclaté d'un rire gras.

— Tu me plais, toi ! Te payer ? Même pas en rêve. On est des Lougawous, petit. Tu sais ce que ça veut dire ? On te laisse en vie pour le moment, c'est déjà pas mal.

Je sentais bien que Zéphyr se retenait de répondre à ce soldat qui utilisait la superstition vaudoue pour essayer de l'impressionner. Ce Kœnig ne savait rien de la croyance aux Lougawous. Il n'était qu'un Blanc ignorant. La peur des Lougawous était viscérale en Haïti, et tous craignaient ces êtres possédés par un esprit maléfique qui leur conférait le pouvoir de se transformer en chien, en poulet ou encore en serpent. Des créatures monstrueuses qui tuaient des bébés en les vidant de leur sang.

Il a repensé à la sage-femme qui avait mis au monde sa petite sœur Nylah. Une fois l'enfant au chaud sur le ventre de sa mère, la femme s'était emparée d'un bâton et s'était mise à courir en hurlant autour de la maison afin de chasser les lougawous.

Certains jeunes parents se barricadaient parfois avec leur nourrisson pendant un mois, de peur que le bébé ne soit enlevé par la bête.

Non, ces Blancs ne savaient rien.

Et, à cet instant, tout ce que ressentait Zéphyr, c'était de la frustration. Il allait devoir aider ces soldats stupides contre son gré et il ne serait pas payé pour ça.

Je comprenais son sentiment, ce n'était pas pour lui qu'il demandait de l'argent.

Il ne pensait qu'à aider ses parents à réparer le toit de la ferme infesté par les rats.

12

Saint-Mandé, Val-de-Marne
48° 50' 21'' N 2° 25' 01'' E

Hugo traînait les pieds sur le parvis de Notre-Dame de Saint-Mandé. Il leva le nez au ciel et admira un instant la façade de l'église, qui semblait prête à s'arracher du sol pour filer tout droit vers les étoiles. Son téléphone vibra dans sa poche.

— Salut, Gizmo, quoi de neuf ?

— Je n'ai pas trouvé grand-chose sur la fille. Son téléphone n'a borné nulle part depuis l'autre soir, mais bon, j'ai creusé un peu et j'ai découvert qu'elle bossait dans une supérette à Montreuil comme agent de sécurité. Je suis passé voir son patron, qui n'était pas spécialement ravi d'avoir à nouveau la visite d'un flic.

— Leclerc a déjà mis un autre groupe sur le coup ?

— C'est le groupe de Michael qui nous remplace. Si jamais un de ses gars repasse à la supérette, le patron va leur parler de ma visite, et ça va être plus compliqué de te filer un coup de main avec la crim dans les pattes. Bref, le type m'a donné l'adresse de Nylah, un studio à Bagnolet. J'ai discuté avec la concierge, qui m'a ouvert la porte, mais là encore rien de particulier à se mettre sous la dent. L'appart était quasiment vide, rien qu'un lit et une valise de fringues.

Hugo était pensif. Leclerc avait remplacé son équipe par le groupe crim du capitaine Michael Dorval, un excellent flic qui ne laisserait pas Gizmo empiéter sur ses plates-bandes bien longtemps.

L'adjoint de Pétrie reprit, sur un débit de mitraillette :

— En plus de ça, Leclerc nous met la pression pour qu'on accélère sur le dossier Babenko. Ce con de mafieux n'arrête plus de balancer ses potes depuis que tu l'as serré. Ça doit être le coup que tu lui as mis sur la tête !

— Et sur Janssen ? Qu'est-ce que tu as trouvé ?

— Le dossier est déjà plus copieux. Avant d'être affecté à la paroisse de Saint-Mandé, le vieux a fait pas mal d'années dans l'armée. Son dernier poste, c'était aumônier militaire du 1er RCP : régiment de chasseurs parachutistes.

— Quel grade ? demanda Hugo.

— Il n'y a pas de grades chez les aumôniers. Ou alors ils appellent ça des grades miroirs. Les curés parlent d'égal à égal avec n'importe quel soldat, qu'il soit troufion ou général. Mais le plus important, c'est que j'ai retracé le lien entre Janssen et la fille.

Hugo trépignait.

— Je t'écoute.

— Janssen a passé pas mal de temps en Haïti. Il a débarqué là-bas après le coup d'État de 2004 qui a mené à la destitution du président de l'époque, Jean-Bertrand Aristide. Le régiment de Janssen faisait partie du contingent que la France a envoyé sur place pour assurer la protection des ressortissants français : l'opération *Carbet*, qui a été montée juste avant la création de la Minustah, la Mission des Nations unies pour la stabilisation en Haïti. Des Casques bleus, si tu préfères. Bref, un vrai nid de guêpes, ce pays ! Et ça l'est toujours, d'ailleurs. Leur président de la République vient de se faire buter par un commando armé y a pas longtemps.

Pétrie hocha la tête à l'autre bout du fil. Il avait entendu parler de l'assassinat du président Jovenel Moïse dans sa résidence quelques mois auparavant.

— Et ensuite, Janssen ?

— Black-out total. Aucune info sur ce qu'il a fait là-bas jusqu'à son retour en France en 2008.

— Et Nylah ?

— Janssen l'a ramenée en France avec lui et il est devenu son tuteur légal. C'est tout ce que j'ai pu glaner pour le moment.

— Super boulot, Giz. Je prends le relais. Préviens-moi si le téléphone de la fille borne quelque part. Des nouvelles de l'autopsie du prêtre ?

— Rien pour l'instant. Je me renseigne et je te tiens au courant. Et gaffe à Leclerc. Il ne te lâchera pas tant qu'il n'aura pas récupéré ton badge et ton flingue.

Pétrie raccrocha et se dirigea vers l'entrée de l'église. Il traversa la nef jusqu'au chœur sans prêter la moindre attention aux paroissiens qui préparaient la cérémonie funèbre du père Daniel Janssen, prévue pour le lendemain matin.

Les vitraux versicolores de l'édifice laissaient filtrer d'étranges diffractions qui se reflétaient sur les visages lourds de peine des fidèles. Certains se recueillaient sur un banc, d'autres erraient dans la nef les mains jointes en priant pour le salut de leur prêtre disparu.

Hugo se mit soudain à vaciller sur ses jambes. Les effets du poison se dissipaient peu à peu, mais il ressentait toujours une fatigue intense qui le fit s'affaler sur un prie-Dieu, près d'une chaire branlante perchée à trois mètres du sol. Il fouilla dans la poche de son blouson et en sortit la poupée vaudoue qu'il avait trouvée dans l'appartement. Il passa le doigt sur les coutures grossières. Elle appartenait à Nylah, il en avait la certitude. Il ressortit son téléphone et consulta ses appels manqués. La jeune femme n'avait pas répondu. Évidemment.

Une main ferme se posa sur son épaule.

— On ne peut pas téléphoner ici, monsieur !

Hugo se retourna vers l'inconnu à la barbe hirsute qui le dévisageait d'un air furieux. Le flic se releva de son banc et soutint le regard du paroissien, qui se liquéfia sur place à la vue de sa carte tricolore.

— J'enquête sur la mort du père Daniel Janssen. Vous l'avez connu ?

L'homme hésita un instant, avant de bredouiller :

— C'était quelqu'un de très discret, je crains de ne pas pouvoir vous renseigner. Je l'aidais juste pour la messe de temps en temps. C'était un homme bon, un prêtre exceptionnel. Il va tellement nous manquer.

Hugo tourna les talons et se dirigea vers la sortie avant de se faire rattraper par l'inconnu.

— Vous devriez essayer le café paroissial, c'est à deux pas d'ici. Demandez Éric, c'est le gérant, il a bien connu le père Janssen. Ils ont tous les deux été aumôniers militaires autrefois. Il en saura sûrement plus que moi.

*

Pétrie pensait tomber sur un bâtiment morne et sans cachet, de ces presbytères anonymes retapés à la va-vite pour accueillir des indigents, pas sur un bar ultramoderne doté d'une scène et d'un toit-terrasse avec vue sur l'église Notre-Dame. Il poussa la porte et s'installa au bar en attendant que le barman vienne prendre sa commande. L'homme balança son torchon en boule dans l'évier et vint se planter face à Hugo.

— Qu'est-ce que je vous sers ?

— Un demi, s'il vous plaît. Je cherche un certain Éric. Vous le connaissez ? demanda le flic en agitant sa carte sous le nez du barman.

L'homme lâcha un sourire désabusé tout en abaissant la pompe à bière. Pétrie le regarda faire, fasciné par la précision des gestes de la prothèse articulée qu'il portait à la place du bras droit.

— Vous enquêtez sur la mort de Janssen, c'est ça ?

Hugo hocha la tête et avala une gorgée de bière avant d'enchaîner :

— Je n'en suis qu'au début. Un paroissien de Notre-Dame m'a dit que vous aviez tous les deux servi dans l'armée en tant qu'aumôniers.

— C'est exact, mais pas dans les mêmes corps et pas les mêmes années. J'étais *padre* au 27e BCA au Mali jusqu'en 2017.

— *Padre* ? BCA ? Désolé, je n'y connais pas grand-chose en jargon militaire.

— Le *padre*, c'est le surnom que les hommes donnent à l'aumônier. Quant au BCA, c'est le bataillon de chasseurs alpins.

— Que faisiez-vous au Mali ?

— Éradication des groupes terroristes réfugiés dans le massif des Ifoghas. Mais j'imagine que vous n'êtes pas là pour un cours de rattrapage sur la doctrine d'emploi des forces terrestres en zones montagneuses. Autre chose ?

— Oui. Simple curiosité, comment vous êtes-vous retrouvé à bosser ici, dans ce bar ? Vous auriez pu continuer vos activités de prêtre à votre retour en métropole, comme Janssen.

L'homme agita sa prothèse sous le nez de Pétrie.

— Disons qu'une rafale de AK-47 a quelque peu ébranlé ma foi.

Hugo acquiesça sans un mot. Il observait les doigts de silicone qui enserraient deux verres à shooter que l'ancien *padre* remplissait de tequila. Les deux hommes trinquèrent et avalèrent leur verre d'un trait.

— Comment avez-vous connu Janssen ?

— Je suis originaire de Saint-Mandé. Quand je suis rentré d'Afrique, il a bien fallu que je me trouve du travail. Je suis allé voir le père Janssen, qui m'a proposé la gérance du café. C'était quelqu'un de bien.

— Oui, répondit Hugo sur un ton évasif. C'est ce que tout le monde semble croire. Un homme bien… que quelqu'un a empoisonné et enterré vivant.

— Je vous demande pardon ?

Hugo raconta les événements des derniers jours à l'ancien aumônier. Le prêtre retrouvé nu, errant dans les rues après s'être extirpé du cercueil dans lequel on l'avait enterré, la mort de Stan, jeté du haut d'un toit par un tueur portant un masque vaudou, et comment lui-même en avait réchappé de justesse.

— Un masque vaudou, répéta l'homme pour lui-même.

— Ce qui m'amène à Nylah Dévereaux. Vous la connaissiez ? Une jeune Haïtienne que Janssen a ramenée de Port-au-Prince quand elle n'était encore qu'une gamine. Il était son tuteur légal.

— Ça ne me dit rien. Le *padre* était plutôt discret sur sa vie privée. Vous devriez en parler à Esther Ripoll, elle le connaissait depuis plus longtemps que moi. Elle a vécu quelques années à Port-au-Prince. Elle bossait pour une ONG. Aujourd'hui, elle est responsable du Refettorio. C'est un restaurant solidaire qui se trouve dans la crypte de l'église de la Madeleine. Elle pourra sûrement vous en dire davantage.

13

Banlieue de Zurich, Suisse
47° 22' 56" N 8° 31' 05" E

Ils avaient quitté l'autoroute depuis une bonne dizaine de minutes et s'enfonçaient dans les méandres obscurs d'une zone industrielle anonyme de la banlieue de Zurich.

Zéphyr n'avait pas dit un mot depuis leur départ du Val Sinestra.

Les mains rivées sur le volant, Nylah luttait contre les doutes qui l'assaillaient de toutes parts. Elle n'avait pas remis les pieds en Haïti depuis si longtemps. Elle n'était encore qu'une adolescente quand le père Janssen lui avait proposé de retourner là-bas, à l'occasion d'une mission que lui avait assignée le diocèse de Paris : négocier la libération d'un prêtre français enlevé par un gang de Jacmel, au sud de l'île. Nylah avait fini par accepter. C'était l'occasion de revoir son pays et de retrouver les parfums de son enfance.

Mais là, à cet instant, tout ce qu'elle souhaitait, c'était fuir. Fuir le plus loin possible et enfin trouver la paix. La mort de Novak l'avait fait sombrer dans un océan d'inquiétudes irrationnelles qui avaient balayé sa colère et sa soif de vengeance.

Et puis il y avait eu ce cauchemar quelques heures auparavant, quand elle s'était arrêtée sur une aire d'autoroute aux abords de la ville, ivre de fatigue depuis les retrouvailles avec Zéphyr dans le squat de Montreuil.

Elle s'était effondrée comme une masse sur la couchette du camping-car. Le sommeil profond dans lequel elle avait sombré avait disloqué la réalité tout autour d'elle et l'avait replongée dans le passé, seule face à *lui* dans la cour de la ferme de l'île de la Gonâve.

Il était tel que dans ses souvenirs glacés. Un pneu autour du cou et les mains liées dans le dos au pied du flamboyant de son enfance. Son beau regard clair était exorbité, ses lèvres articulaient des mots qu'elle ne comprenait pas. Elle avait essayé de toutes ses forces de déchiffrer son message muet, mais les traits de son père commençaient à se déformer en grimaces impatientes. Le fantôme s'agaçait de ne pas pouvoir faire entendre à sa fille ces trois mots simples qui refusaient de sortir de sa bouche.

Trois mots.

Trois mots que Nylah tentait désespérément de lire sur ses lèvres, quand la silhouette inquiétante d'un Lougawou s'était soudain matérialisée entre le père et la fille au beau milieu du rêve. Le soldat avait gratté une allumette contre le holster de son arme et s'apprêtait à la lancer sur son père quand Nylah s'était réveillée en sursaut dans l'habitacle glacé du camping-car.

Elle avait essuyé la buée sur le pare-brise et s'était tournée vers Zéphyr qui dormait à poings fermés sur la banquette arrière. Une idée folle lui avait traversé l'esprit alors qu'elle observait les contours sombres de la silhouette de son frère. Et si elle s'enfuyait, là, tout de suite, et qu'elle se mettait à courir droit devant elle sans jamais se retourner ? Si elle décidait sur le champ de ne plus suivre Zéphyr au bout de ce cauchemar ? Oui. C'était la seule chose à faire. Fuir le plus loin possible et disparaître pour de bon.

Sa main s'approchait de la poignée de la portière quand la voix d'outre-tombe du masque résonna dans son dos.

— Nous devons reprendre la route, Marinette est sûrement arrivée à l'aéroport.

Nylah ne répondit rien et se contenta de faire démarrer le camping-car en essuyant discrètement ses larmes avec sa manche.

Elle se gara une heure plus tard dans une rue obscure du quartier d'Oerlikon, près de l'aéroport. Zéphyr descendit du véhicule et se retourna vers sa sœur, qui n'osait plus le regarder en face. La vue du masque décoré de perles lui devenait à chaque instant un peu plus insupportable. Son frère le ressentit.

— Tout se passera bien, petite sœur. Je vais m'occuper des deux autres et tout sera terminé.

— Tu es sûr que tout sera terminé ? lui demanda-t-elle d'une voix meurtrie.

Zéphyr hocha la tête et attrapa son sac à dos à l'arrière du fourgon.

— Gare le camping-car dans le parking longue durée de l'aéroport, quelqu'un passera le chercher. Et ne t'inquiète plus du reste. Nous nous reverrons bientôt.

Le masque marmonna une dernière phrase, les yeux rivés sur l'asphalte.

— Je serai toujours là pour te protéger.

Nylah le suivit du regard jusqu'à ce qu'il disparaisse au coin de la rue.

Oui, mais toi, mon frère ? Qui te protégera ?

L'aéroport était noir de monde. Une foule bigarrée de familles de vacanciers, de couples en partance ou d'hommes d'affaires qui faisaient les cent pas en râlant, l'oreille collée à leur téléphone portable. Nylah se fraya un chemin jusqu'à sa porte d'embarquement et s'arrêta un instant devant un écran qui diffusait les informations en continu d'une chaîne suisse : le corps de Ruben Novak, directeur du célèbre hôtel Val Sinestra, avait été découvert un peu plus tôt dans la matinée dans les sous-sols de l'établissement et la police locale n'avait, à cette heure, pas la moindre piste. Nylah eut un bref haut-le-cœur en découvrant les images de la chambre carbonisée où on avait retrouvé l'ancien sniper sud-africain, ligoté debout les bras en croix sur un soulève-malade. La dépouille de Novak était à la morgue, mais la planche de bois brûlé pendait encore au plafond, laissant deviner les contours d'une forme humaine.

Elle détourna les yeux de l'écran et s'engouffra dans un relais presse bondé de voyageurs. Elle acheta un paquet de cigarettes et tendit un billet à l'employé, les yeux rivés sur le présentoir derrière la caisse.

— Mademoiselle ? demanda le vendeur, qui s'impatientait. Il vous faut autre chose ?

Nylah pointa un index droit devant elle.

— Ce sont des téléphones prépayés ?

La jeune femme paya ses achats et scruta nerveusement le hall du terminal. Marinette était probablement là, quelque part. Elle devait faire vite et le plus discrètement possible.

Elle s'enferma dans les toilettes des dames et déchira le carton d'emballage avec les dents. Elle inséra la carte SIM et composa le numéro de téléphone qu'elle avait appris par cœur, au cas où.

Elle retint son souffle et essaya de garder son calme. Son cœur battait à tout rompre tandis que les sonneries s'égrenaient les unes après les autres, interminables.

Enfin, il décrocha.

Elle fut d'abord surprise qu'il l'appelle par un prénom qui n'était pas le sien, puis elle comprit qu'il attendait probablement un autre appel. Elle essaya d'ouvrir la bouche, de prononcer un mot. Rien. Elle écouta le son de sa respiration pendant de longues secondes et puis elle raccrocha dès que Hugo prononça son nom.

Elle jeta le téléphone dans la poubelle et se précipita hors des toilettes.

— Je me disais bien que c'était toi que j'avais vue rentrer là-dedans ! Comment ça va, ma 'tite chérie ?

Marinette Dévereaux était telle que dans les derniers souvenirs de Nylah, ceux où elle lui avait soufflé son poison au visage dans l'appartement délabré de Montreuil. Drapée dans une ample étole bleu pétrole et coiffée d'un chapeau de paille à larges bords, elle se baladait dans les travées du terminal, une petite ombrelle à la main. Sa peau tannée luisait comme un soleil sous les néons blafards. Nylah ébaucha un vague sourire.

— Bonjour, Marinette. Alors, comme ça, nous partons toutes les deux.

Le visage fripé de la *mambo* se plissa dans un sourire joyeux. Elle replia sa petite ombrelle et se pendit au bras de Nylah.

— On rentre chez nous, Nylah. Je sais que tu es inquiète, mais tu ne dois pas avoir peur. Quand nous serons de retour sur l'île de la Gonâve, je répondrai à toutes les questions que tu te poses. Pour l'instant, une seule chose doit compter pour toi : *Jistis Bondye se kabwèt bèf.*

Nylah baissa les yeux vers Marinette et arqua un sourcil d'incompréhension.

— La justice divine, ma 'tite chérie. La justice divine s'impose toujours tôt ou tard.

14

Paris, France
48° 52' 14'' N 2° 19' 36'' E

Le chef de salle fit reculer la cohorte improbable qui patientait le long des grilles de la crypte. Son visage se fendit d'un large sourire quand il ouvrit la barrière aux premiers invités, qui se ruèrent aussitôt vers l'entrée du Refettorio.

— On se calme, vos places sont réservées ! Pas la peine de se bousculer !

Il aimait son boulot. Il aimait se sentir utile et se donnait à fond dans cette cantine solidaire qui offrait aux plus démunis une parenthèse de paix et de dignité retrouvées, le temps d'un repas chaud.

Il s'assura que tous les invités étaient entrés dans le restaurant et referma la grille quand un type aux longs cheveux gris et à l'allure chiffonnée se présenta dans son dos.

— Capitaine Pétrie, police judiciaire. J'aimerais parler à la directrice du restaurant, Mme Ripoll. Vous pouvez la prévenir ?

Le chef sentit fondre en lui le flux d'énergie positive que venait de lui transmettre la foule de ses convives du soir.

— Vous lui voulez quoi, à Mme Ripoll ? demanda-t-il d'une voix glaciale.

— Dites-lui que j'aimerais lui parler du père Daniel Janssen, c'est important.

— Attendez-moi ici, je vais la prévenir. Janssen, c'est ça ?

Hugo opina et alluma une cigarette alors que le chef disparaissait derrière la porte de la crypte. Assis sur le trottoir, un vieil homme au visage parcheminé de froid et de solitude observait le flic, le dos calé contre la grille par deux sacs à dos usés jusqu'à la corde. Il fit mine de fumer en portant à sa bouche deux doigts jaunis de crasse.

— Vous n'avez pas pu entrer ? lança Hugo au SDF en lui tendant son paquet de cigarettes.

L'homme lui jeta un regard épuisé.

— Je suis arrivé en retard, pas de bol.

— Tu arrives toujours en retard, grand-père ! s'exclama le chef, qui venait de réapparaître dans leur dos. Tu n'as pas oublié ta carte d'adhérent, j'espère ?

Le vieux brandit le précieux bout de plastique, sésame de sérénité qui permettait aux invités du Refettorio de nourrir leur corps et leur âme le temps d'une trop courte soirée.

— C'est bon, viens, il reste de la place. Quant à vous, capitaine, Mme Ripoll vous recevra après le service. Vous pouvez l'attendre au bar, si vous voulez.

Hugo le remercia d'un signe de tête et s'empara des sacs du vieux sans-abri.

— Passez devant, grand-père, je vais vous porter ça à l'intérieur.

*

La salle du restaurant était bondée. Étudiants, parents isolés, sans-abri, migrants et réfugiés : le Refettorio accueillait tout le monde, sans la moindre distinction culturelle ou sociale. Les échos vibrants des conversations rebondissaient contre les parois bombées de la crypte et laissaient planer dans l'air un parfum de joie et d'insouciance temporaire.

Hugo slaloma entre les bénévoles qui assuraient le service du soir. Les effluves qui lui parvenaient des cuisines lui chatouillaient délicieusement les narines. Il pressa le pas le long du dédale de couloirs qui baignaient dans un halo tamisé de reflets sépia. Il s'assit au comptoir que lui avait indiqué le chef de salle et observa les nuages en plastique blanc qui décoraient le plafond. Il sirota quelques bières le nez en l'air jusqu'à ce que le restaurant se vide peu à peu.

— Capitaine Pétrie ? Esther Ripoll. Éric, du café paroissial, m'a prévenue de votre visite.

Hugo manqua de trébucher en se levant de sa chaise. Il tendit la main à la femme aux cheveux orange vif qui le toisait d'un regard mêlé d'inquiétude et de sévérité.

— Merci de me recevoir. J'enquête sur la disparition du père Daniel Janssen. Éric m'a dit que vous le connaissiez bien.

— C'était plutôt une relation professionnelle, répondit Esther. C'est lui qui est venu me trouver quand il a eu cette idée de café paroissial à Saint-Mandé. On a travaillé ensemble sur le projet. Je l'ai aidé dans le montage des dossiers de financement, je lui ai présenté quelques investisseurs, rien de plus. Vous parliez d'une disparition. Qu'est-il arrivé au père Janssen ?

— Il est décédé d'une crise cardiaque hier matin à l'hôpital. Nous pensons qu'il a été victime d'un rite vaudou. Du vaudou haïtien, pour être plus précis. J'imagine que vous avez déjà entendu parler de ce genre de pratiques… ?

Esther posa une main sur sa bouche comme pour refouler le flot encore vivace de ses souvenirs haïtiens. Elle aurait voulu pouvoir à jamais oublier cette île maudite qu'elle avait fuie depuis longtemps déjà.

Hugo insista.

— Éric m'a dit que vous aviez passé quelque temps en Haïti.

— Oui, après mes études de droit. Je suis partie à Port-au-Prince, où j'ai travaillé en tant que bénévole au sein d'une ONG : Care Haïti.

— Pourquoi êtes-vous rentrée en France ?

— Le pays était devenu beaucoup trop dangereux, j'avais besoin d'autre chose. Et puis on m'a proposé de prendre la tête du Refettorio, ici, à Paris.

— Et c'est une très belle initiative, affirma Hugo en désignant la salle d'un signe de tête admiratif. Revenons à Janssen, avez-vous connu la jeune Haïtienne dont il avait la tutelle ? Nylah Dévereaux.

Esther arqua un sourcil étonné.

— Bien sûr, c'est une chouette fille. Elle a fait partie des premiers bénévoles du Refettorio, mais ça fait un petit moment qu'on ne l'a pas revue. Je sais qu'elle et Janssen étaient en froid depuis quelques années. Vous pensez qu'elle est mêlée à tout ça ?

Hugo lui raconta les événements récents et comment il avait lui-même échappé à la mort grâce à l'intervention de Nylah.

— C'est ce tueur au masque qui a zombifié le père Janssen. J'en suis persuadé. Nylah a été entraînée dans cette histoire pour une raison qui m'échappe encore.

— Un *oungan*, soupira Esther.

— Je vous demande pardon ? l'interrompit le flic.

— Un sorcier vaudou. Quand ils font de la magie blanche ou qu'ils utilisent leurs pouvoirs de guérisseurs, les sorciers haïtiens sont appelés *oungans*. Les femmes, elles, sont les *mambos*. Elles sont les seules à pouvoir se connecter aux forces du mal et au pouvoir de guérison. Si votre tueur est bien un sorcier, il a fait de Janssen un zombi en lui faisant avaler une potion qui l'a complètement paralysé, sans pour autant lui faire perdre conscience. Ensuite, il l'a enterré vivant pendant quelques heures, puis il l'a réveillé et lui a fait boire une autre potion qui lui a brûlé le cerveau. C'est ça, la zombification. Transformer un être humain en esclave. Un esclave sans volonté et sans le moindre souvenir de son passé.

Hugo repensa au Pr Vaillant. Le toubib avait vu juste.

— Un tueur sorcier, donc…, dit le flic dans un sourire.

— Ou quelqu'un qui a été initié par un sorcier, déclara Esther. Et ne prenez pas ça trop à la légère. On ne plaisante pas avec le vaudou en Haïti. La plupart des Haïtiens sont de fervents catholiques, mais ils pratiquent tous la magie sous une forme ou sous une autre. On peut, par exemple, louer les services d'un sorcier pour jeter un sort à quelqu'un qu'on déteste ou le zombifier pour en faire son esclave domestique. Ces choses existent, je les ai vues de mes yeux.

— Je vous crois sur parole, lâcha Hugo, qui ressentait toujours les effets du poison dans ses veines.

Il reprit :

— Encore une fois, je pense que Nylah est mêlée au meurtre de Janssen, mais je ne crois pas qu'elle soit responsable de ce qui lui est arrivé. Je ne sais pas quel est son lien avec le tueur, mais je dois la retrouver avant qu'il ne fasse d'autres victimes.

— Qu'attendez-vous de moi ?

— Je pense que toute cette histoire est liée au passé de Janssen. Il était aumônier militaire en Haïti avant de rentrer en France. Il est arrivé là-bas en 2004, à l'époque du coup d'État qui a provoqué la destitution du président Aristide. Je me suis dit que vous auriez peut-être encore des contacts là-bas qui pourraient m'aider.

Esther prit une profonde inspiration et consulta sa montre. Six heures de décalage horaire avec la France, c'était l'après-midi à Port-au-Prince.

— Oui. Je connais quelqu'un là-bas qui pourra vous renseigner. Il s'appelle Schaeffer. Mathias Schaeffer. Il a travaillé longtemps pour les Nations unies. Je vais le contacter. Je… Je vous tiendrai au courant.

Hugo sentit qu'elle hésitait à en dire plus. Ses longs sourcils dessinaient une arabesque de tristesse qui troublait son regard pâle. Il n'insista pas et lui tendit sa carte de visite.

— Pas de problème. Je comprends parfaitement, lui dit-il en se levant de sa chaise.

Esther le raccompagna jusqu'à la grille du Refettorio. Hugo prit congé de la directrice et se dirigea vers son véhicule. La nuit était douce, faisant perdre de son adhérence à la réalité des événements qui s'étaient précipités ces derniers jours.

Hugo sentit son téléphone vibrer dans sa poche. *Déjà ?* Il décrocha :

— Madame Ripoll, merci de me rappeler aussi vite.

Il n'obtint en guise de réponse qu'un long tunnel de fréquences métalliques où se percutaient plusieurs timbres de voix aux consonances étrangères. Hommes, femmes, enfants. Des conversations lointaines, d'autres, un peu plus proches, qui se superposaient en strates de larsens incompréhensibles.

Une foule en attente. Une gare. Un aéroport, peut-être.

Hugo avait compris.

Il prononça son nom, mais ses mots claquèrent dans le vide.

Nylah avait raccroché.

15

Arrondissement de Croix-des-Bouquets, Haïti
18° 35' 00" N 72° 14' 21" W

Mathias Schaeffer avala sa bière d'un trait. La chaleur au-dehors était insupportable depuis plusieurs semaines et la ville tout entière bouillonnait sous une chape en fusion. Il vint se poster à la fenêtre de son bureau de Croix-des-Bouquets et tenta de se persuader qu'il avait rêvé la conversation qu'il venait d'avoir avec Esther.

Sa voix. C'était ça, le plus compliqué. Il ne l'avait jamais oubliée. Il en connaissait toutes les nuances, toutes les inflexions. Ce ton qu'elle prenait quand il la rendait folle de rage ou quand il la faisait rire aux éclats. Ils ne s'étaient plus parlé depuis longtemps, mais la voix d'Esther pouvait encore griffer son âme.

Il attrapa sa veste de treillis et sortit se dégourdir les jambes dans les ruelles cariées qui ceinturaient les locaux de Digicel, l'opérateur téléphonique haïtien pour lequel il travaillait depuis sa démission de son poste d'officier de sécurité pour les Nations unies. Il traversa quelques quartiers délabrés, un pétard aux lèvres, puis il obliqua vers l'avenue Louverture.

Son esprit fourmillait de flashs d'images et de sons du passé, alors qu'il se rapprochait des locaux de la Direction centrale de la police judiciaire. Il pensait à Esther et à ce jour où il l'avait rencontrée. Ce jour qui avait changé sa vie.

Son poing rageur martelait la portière du Land Cruiser.

— Bougez-vous, bordel ! gueulait-il à la foule de badauds qui lui coupaient la route sans lui prêter la moindre attention.

Il était en retard pour la patrouille de fin de matinée et Niko allait encore lui tomber dessus. Il porta une cigarette à ses lèvres et prit son mal en patience. Personne ne bougerait plus vite pour laisser passer un véhicule blindé de la Minustah. La population de Cité Soleil s'en foutait complètement.

Mathias alluma la radio et écouta les infos locales d'une oreille distraite. On avait retrouvé trois corps dans le bidonville de Martissant en fin de matinée. Le présentateur évoquait un lynchage public, mais le mode d'exécution suggérait la mise à mort d'une bande de mouchards. Les types avaient été abattus d'une balle dans la bouche ; et les corps, laissés à l'air libre toute la journée sans que personne ne puisse s'en approcher, mis à part les flics de la PNH – la Police nationale haïtienne –, qui veillaient à ce que tout le monde voie les cadavres, y compris les familles des victimes. *Et pour cause*, soupira Mathias pour lui-même. Encore des flics pourris à la solde des gangs. C'était probablement eux qui avaient tué ces hommes.

Il baissa le son et fit un signe de tête au chauffeur d'un pick-up déglingué qui se frayait lui aussi un chemin à travers la foule. Agglutinés à l'arrière du véhicule, les membres d'un gang de Chimères signalaient leur présence en tirant en l'air des rafales de fusil-mitrailleur.

L'unité de patrouille et d'intervention de Mathias avait été créée pour protéger le personnel civil des Nations unies contre les Chimères d'Aristide. Personne à Port-au-Prince n'était aussi redouté que ces gangs de gamins des bidonvilles à la solde de l'ancien président Jean-Bertrand Aristide, qui avait fait d'eux sa milice privée ainsi que le bras armé de son parti politique : Lavalas. Tous vénéraient l'ancien président et étaient prêts à mourir pour lui, même après sa destitution et son départ d'Haïti en 2004.

Les gangs de Chimères passaient leurs journées à arpenter les rues du bidonville, s'arrêtant à intervalles réguliers pour prendre des nouvelles de certains habitants, distribuer des billets à d'autres, se payant leur loyauté et l'assurance qu'ils leur rapporteraient les moindres faits et gestes des gangs de Martissant ou de Village-de-Dieu. Trafics, meurtres, extorsion, les Chimères continuaient à faire régner la terreur dans le pays et à combattre les ennemis de leur président en exil : les Casques bleus de la Minustah.

Mathias et ses hommes avaient la chance de ne pas porter d'autre uniforme qu'un gilet pare-balles, mais leur 4x4 blindé était connu de tous à Cité Soleil.

Il se gara devant un étal de fortune installé à même le sol sous un toit de tôle ondulée. Assis sur une chaise de paille, son coéquipier expira vers lui une volute chargée de marijuana.

— Yo, Niko ! C'est l'heure de faire brûler les caoutchoucs, dit Mathias en s'esclaffant.

L'homme leva le nez au ciel et fit claquer d'un geste nerveux la culasse de la mitraillette MP5 qu'il tenait sur ses genoux. Il détestait cette expression utilisée par les Chimères quand ils mettaient le feu à des pneus pour barrer des routes ou créer des émeutes de manière à bien faire comprendre aux flics et aux Casques bleus qu'ils étaient les seuls maîtres du territoire.

— T'es à la bourre, lâcha-t-il en s'affalant sur le siège passager.

— Il est seulement midi, répondit Mathias avec ironie avant de lui prendre le pétard des mains.

Ils commencèrent à rouler au pas dans les rues de Cité Soleil, le regard braqué sur un groupe d'hommes qui picolaient en jouant aux cartes au coin de la rue.

— Qu'est-ce qu'ils foutent, ceux-là ? s'écria soudain Niko en désignant deux silhouettes qui en traînaient une autre le long d'un mur criblé d'impacts de balle et de tags à la gloire de Jésus.

Mathias mit sa main en visière et attendit que ses yeux s'accommodent. Il connaissait ces types.

— C'est Tobias et Jean-René, des Chimères du gang de Sixpack. Ils ont attrapé une Blanche.

Niko braqua le canon de son MP5 sous le nez de Mathias et pointa les deux hommes qui se dirigeaient vers une bicoque délabrée en traînant par les cheveux une jeune femme aux cheveux orange. Mathias stoppa net le véhicule et ouvrit la portière en dégainant le Glock 17 qu'il planquait sous sa chemise hawaïenne. Niko l'attrapa par l'épaule.

— Tu joues à quoi ? On est sur le territoire de Sixpack.

— On est peut-être sur le territoire de Sixpack, mais ils s'apprêtent à s'en prendre à une Blanche. Continue à patrouiller, si tu veux. Je vais m'occuper de ça.

Niko hocha la tête en regardant Mathias s'éloigner vers la baraque de tôle recuite par le soleil et la crasse. Il le rejoignit en maugréant :

— C'est de la folie, d'y aller seul.

Les yeux de Mathias passèrent de son ami à la cabane de tôle où venaient de disparaître les deux Chimères et leur victime.

— Elle me plaît bien, cette fille, dit-il en souriant à Niko, qui fulminait dans son dos.

Ils avancèrent épaule contre épaule jusqu'à l'entrée de la cabane. Niko colla une oreille contre la porte. Il perçut d'abord des gémissements, puis une plainte, puis des cris, qui se juxtaposèrent bientôt pour devenir un hurlement de terreur pure.

Il défonça la porte d'un coup de ranger et se rua dans la pièce délabrée, suivi par Mathias. Au centre, une jeune femme complètement nue était allongée sur une paillasse, pieds et poings liés. Niko admira un instant son beau visage couvert de sang qui tressaillait de droite à gauche comme pour lui envoyer un signal, qu'il perçut trop tard.

Le premier coup de batte s'abattit sur le canon de son fusil-mitrailleur, qui vola à l'autre bout de la pièce alors que le suivant lui faisait exploser le visage.

Mathias se jeta à l'intérieur et roula sur lui-même, braquant son Glock sur l'un des hommes, qui le pointait d'un index menaçant.

— Lâche ton arme, monsieur ONU, sinon, on achève ton pote.

L'autre Chimère était accroupi devant le corps inanimé de Niko et lui plantait le canon d'un 38 dans la joue.

Mathias balança son Glock sur le matelas où se tenait la fille. Il se redressa en mettant les mains sur sa tête.

— On peut éviter ça, les gars. On n'est pas là pour vos trafics de came, on veut juste récupérer la fille.

Les deux Chimères s'observèrent un instant et éclatèrent de rire.

— Tu te crois où, toi ? C'est Soleil 12, ici, c'est le territoire de Sixpack. Qu'est-ce que tu as dans le crâne ?

L'homme n'attendit pas la réponse de Mathias et sortit un couteau à cran d'arrêt de sa poche. Son regard se fit glacial.

— Tu sais quoi ? Je vais le fouiller, ton crâne. On va bien voir ce qu'il y a dedans ! aboya-t-il. Jean-René ! Tiens-moi ce chien pendant que je le scalpe.

Mathias aurait voulu hurler alors que le fil de la lame crantée lardait les contours de son cuir chevelu et découpait son front comme une simple boîte de conserve. Un sang chaud s'écoula du sommet de sa tête et troubla sa vision dans un rideau de pourpre qui rendait la scène encore plus surréaliste. Il allait enfin s'évanouir quand un coup de feu claqua dans la pièce. Le visage de Jean-René disparut dans un fracas de sang et d'os qui aspergea les murs de tôle. Une deuxième balle emporta la mâchoire de Tobias, qui s'affaissa sur le sol et entraîna Mathias dans sa chute. Quand enfin il releva les yeux, il la découvrit qui braquait sur lui le canon encore fumant de son Glock. Il détailla l'ovale de son beau visage couvert de sang. Les lueurs pâles de sa peau aux reflets de lune de printemps, sa coupe de cheveux au carré, d'un orange violent tel qu'il n'en avait encore jamais vu sur cette île de malheur. Il ne tomba pas amoureux d'elle. Il l'aimait déjà, tout simplement.

Il se frotta le visage dans les mains et se redressa maladroitement sur un coude. Elle ne bougeait pas, le regard noir, les phalanges verrouillées sur la crosse de l'arme qu'elle braquait toujours sur lui en tremblant comme une feuille.

— Je… Je m'appelle Mathias, je travaille pour les Nations unies. Je ne suis pas votre ennemi. Je suis venu pour vous aider.

Les traits de la jeune femme se détendirent un peu. Elle pencha la tête sur le côté puis le fixa intensément pendant quelques secondes, détaillant le crâne tailladé de son sauveur. Elle lui envoya un sourire presque moqueur.

— Moi, c'est Esther, et je ne suis pas sûre d'être la seule à avoir besoin d'aide dans cette pièce.

Mathias écrasa son mégot au pied d'une des motos cross qui équipaient les flics de la PNH et pénétra dans le bâtiment bleu et blanc de l'ULCS – l'Unité de lutte contre les crimes sexuels.

Les locaux flambant neufs avaient été inaugurés en 2018, et les flics haïtiens disposaient désormais d'un large espace composé d'une douzaine de bureaux et de salles de conférences, le tout financé par des fonds norvégiens. Mathias salua les fonctionnaires de l'accueil et grimpa les étages sans qu'on lui pose la moindre question. Tous connaissaient Mathias Schaeffer, dans le bâtiment. Et tout le monde savait aussi qu'il était le meilleur ami du directeur de l'ULCS.

Il entendit Niko brailler derrière la porte de son bureau et entra sans frapper. Le visage de l'ancien Casque bleu était noyé dans un halo de fumée brune. Il baragouina encore quelques insultes, puis écrasa le mégot de son cigare dans un cendrier en inox comme s'il le plantait dans l'œil de son interlocuteur. Mathias s'installa dans le fauteuil où son ancien coéquipier avait l'habitude de faire ses siestes et attendit tranquillement que le combiné du téléphone se fracasse sur sa base.

Niko leva les yeux vers lui et lui adressa un large sourire de rage contenue.

— Sale journée ? hasarda Mathias.

— À ton avis, mon pote ? Bref, on boit un coup !

Mathias opina alors que Niko sortait deux verres et une bouteille de Jack Daniel's d'un tiroir de son bureau.

— Qu'est-ce qui t'amène ?

— Esther vient de m'appeler.

Le visage du flic s'assombrit soudain. La séparation entre Esther et Mathias avait été un moment compliqué et douloureux pour son ami, mais Niko avait toujours été là pour lui. Il se frotta la barbe en marmonnant. Il n'avait pas vraiment de temps pour une énième séance de consolation.

— Ce n'est pas ce que tu crois, ajouta Mathias. Elle veut que je lui trouve des renseignements sur un dénommé Daniel Janssen, un type qui a servi chez les paras en tant qu'aumônier de guerre. Il a été en poste à Port-au-Prince au début des années 2000.

Niko avala son verre et rota bruyamment.

— C'est un commissariat, ici, Mathias, pas un bureau de renseignement. Il faisait partie de la Minustah, ton *padre* ? C'est plutôt de ce côté-là qu'il faut fouiller, si tu veux mon avis.

— Justement, c'est ce qui m'amène. Tu connais toujours du monde au siège de l'ONU ?

Le flic plissa les yeux et réfléchit un instant.

— Je suis resté en contact avec Véra Atkins.

Mathias hocha la tête ; il ne connaissait pas de Véra.

— Tu avais déjà quitté la Minustah quand elle est arrivée ici comme secrétaire du responsable sécurité du secteur ouest. On a eu une petite histoire, tous les deux, rien de sérieux. Elle est repartie bosser au siège à New York, mais je pense qu'elle peut te trouver des infos. À condition que ton *padre* figure quelque part dans les archives, évidemment. Il a fait quoi, ce Daniel Janssen ?

Mathias lui répéta mot pour mot ce que lui avait raconté Esther une heure plus tôt.

— Bon. Un ancien aumônier militaire zombifié par un tueur psychopathe qui porte un masque de sorcier vaudou. Ce sera tout ? fit Niko en ricanant.

— Le flic français qui est venu voir Esther pense que tout est lié au passé militaire de Janssen. Je pense que ça mérite d'être creusé.

Le flic se redressa sur sa chaise et se massa le nez en repensant au coup de batte qui l'avait envoyé valdinguer à l'autre bout d'une cabane de tôle quelques années auparavant. Ce jour où Esther leur avait sauvé la vie à tous les deux.

— J'appelle Véra et je te tiens au courant.

18° 47' 59" N 72° 49' 35" W

Nous sommes arrivés pile à l'heure le mercredi suivant. Zéphyr avait caché le téléphone des soldats à côté du trou secret où nous remplissions d'eau les calebasses. Nous sommes passés le récupérer en longeant discrètement la maison de Marinette et nous nous sommes enfoncés dans la forêt.

Son père avait fait semblant de croire à son histoire quand il lui avait dit qu'il était tombé de la mule sur le chemin du retour. Il s'était contenté de lever les yeux au ciel et avait rincé la plaie à l'eau fraîche, mais je sentais bien qu'il n'était pas dupe, même s'il nous a laissés repartir le lendemain sans nous poser de questions.

Le ciel était limpide quand nous avons aperçu la piste d'atterrissage. Zéphyr s'est assis sur une pierre et il a scruté les environs d'un air concentré. Il n'avait pas l'air plus nerveux que ça à l'idée de revoir les Lougawous. Je me souviens avoir pensé qu'il ne l'était pas suffisamment. J'aurais pu lui faire comprendre que nous n'avions rien à faire ici, mais il ne m'aurait pas écouté, de toute façon. Ces soldats étaient dangereux, capables du pire, mais lui restait là à mâchouiller son brin d'herbe comme si nous attendions d'autres enfants pour aller jouer au foot.

Quand le ciel a soudain vrombi au son des pales du bimoteur, il s'est relevé et s'est dressé face au vent en me faisant signe de le suivre. Nous avons marché à découvert jusqu'à la piste de fortune. Je me tenais un peu derrière lui, histoire de surveiller nos arrières. Mais Zéphyr s'en fichait, occupé qu'il était à dévorer des yeux la carlingue tremblante de l'avion qui se posait sur le sol dans un fracas de caillasse pulvérisée.

Les Lougawous se sont extirpés de l'avion, et celui qui était leur chef est venu à notre rencontre en tenant son chapeau sur sa tête pour l'empêcher de s'envoler. Il sentait mauvais.

— Salut, le petit cafard ! a-t-il lancé joyeusement à Zéphyr, qui soutenait son regard. Pas d'espions en vue ?

C'est moi qu'il observait quand il a dit ça. J'ai reculé de quelques pas. Je n'aimais pas cet homme.

Zéphyr lui a répondu non de la tête, plus occupé à observer les quatre autres qui empilaient de lourdes caisses de bois les unes sur les autres.

— C'est quoi, ça ? a demandé Zéphyr à Kœnig.

L'homme a attrapé la gourde qu'il portait à la ceinture et s'est enfilé une bonne rasade avant de se frotter la bouche en rotant.

— Vaut mieux pas que tu le saches, petit. Mais tu vas quand même nous aider à porter la cargaison jusqu'à notre planque.

Un autre soldat nous avait rejoints. Il était tout rouge à force de porter ces satanées caisses. Lui aussi, il sentait mauvais.

— Oh ! Kœnig, tu déconnes ou quoi ? Tu le laisses en vie et tu veux en plus lui montrer notre planque ?

Kœnig a levé la main pour faire taire son complice.

— Ferme-la, Novak, et contente-toi d'aller ouvrir la trappe. Demande à Dapper de te filer un coup de main. Le gamin, c'est mon problème.

Celui qui s'appelait Novak a marmonné quelque chose dans sa barbe, puis il s'est dirigé vers le bord de la piste et a soulevé une bâche jaunie qui cachait une trappe de bois. Il a sorti une clé de sa poche et a déverrouillé le gros cadenas qui sécurisait la cache. Kœnig s'est mis à aboyer en direction des autres :

— Janssen, Dapper ! Bougez-vous le cul. On va pas y passer la journée.

Ils s'y sont mis à trois et la trappe s'est ouverte d'un coup. Nous nous sommes approchés pour voir ce qu'il y avait à l'intérieur.

Rien que des caisses en bois. Des dizaines de caisses, empilées les unes sur les autres. Une fois l'avion vidé de sa mystérieuse cargaison, Kœnig est allé voir le pilote. Je me souviens qu'il était immense, une bonne tête de plus que les autres. Je me suis demandé comment quelqu'un d'aussi grand pouvait rentrer dans un avion aussi petit.

Donatien, il s'appelait.

— Je viens d'avoir mon cousin au téléphone. Il vous attend dans la baie avec le zodiac, a-t-il dit.

Kœnig a fait signe aux autres de refermer la cachette et ils se sont regroupés autour de nous. C'est à ce moment que j'ai compris que la mauvaise odeur ne venait pas d'eux mais de quelque chose qui pourrissait à l'intérieur du cockpit.

— OK, les gars, on rentre à Port-au-Prince. Donatien, tu redécolles tout de suite, route habituelle, et tu me fais ton rapport à ton retour en ville.

Puis il s'est baissé vers nous.

— Toi, le petit cafard, on se revoit mercredi prochain. Même heure, même endroit.

Zéphyr ne lui a pas répondu. Il a juste hoché la tête en lui lançant un regard qui ne m'a pas plu. Pas plu du tout.

C'était le regard de quelqu'un qui a une idée derrière la tête.

16

Ville de Jacmel, Haïti
18° 15' 05" N 72° 30' 59" W

Les deux hommes la fixaient avec insistance depuis déjà quelques minutes. Leur torse sombre recouvert de charbon écrasé et de sucre de canne luisait sous le soleil de la fin d'après-midi. Nylah observa les cordes de chanvre noires qu'ils brandissaient au-dessus de leur tête en hommage aux entraves que portaient leurs ancêtres esclaves. Un sourire de défi plissait leur visage en partie dissimulé derrière un masque de taureau fait de corne et de carton.

La jeune femme tourna la tête et chercha Marinette du regard au milieu de la foule exubérante qui bourdonnait dans les rues de Jacmel. Tout autour d'elle, des dizaines de formes improbables ondulaient au rythme d'un morceau de *konpa*, la musique traditionnelle d'Haïti, craché par des enceintes scotchées sur un char rutilant de la parade annuelle : masques de démons multicolores, silhouettes indistinctes en forme d'arbre chiffonné recouvertes des pieds à la tête de feuilles de bananes plantains.

Plus loin, un père et ses deux fils à la peau maculée de plâtre pavoisaient à dos d'âne, alors qu'un homme coiffé d'un immense bicorne haranguait la foule à travers un mégaphone.

Le carnaval.

Les rues vibraient de milliers d'âmes libérées de toute hiérarchie sociale. Anges, démons, zombis dansaient et faisaient la fête dans les rues de la ville, qui devenait le territoire de dizaines de milliers de gens pauvres trois jours dans l'année.

Nylah se fraya un chemin parmi la foule et s'arrêta devant l'étal d'un marchand de légumes qui brandissait une machette au-dessus de sa tête. Elle s'approcha un peu plus et découvrit un homme allongé sur le sol qui se protégeait le visage des mains. Le marchand allait frapper quand Nylah bloqua son geste et l'envoya valser sur son étal d'un coup de talon dans les reins.

La foule compacte qui grouillait aux abords du carnaval s'immobilisa un instant, curieuse de voir ce qu'envisageait de faire cette femme à la crête rouge qui s'en prenait à l'un des leurs au beau milieu d'un lynchage public.

Nylah guetta leur réaction jusqu'à ce qu'une voix familière lui transperce le dos comme un javelot lancé à pleine vitesse.

— Nylah ! Ne te mêle pas de ça ! lui ordonna Marinette.

La sorcière défia du regard les badauds grimés qui commençaient à former un cercle autour d'eux. Un cercle qui se rétrécissait dangereusement.

— Les choses ne fonctionnent pas comme ça, ici, 'tite chérie, nous ne sommes plus en France. Ici, la justice est simple : si tu voles une pomme ou un œuf sur un marché, on te lynche. Et tout le monde peut appliquer la sentence, y compris les femmes et les enfants. Cet homme que tu as agressé est un commerçant à qui on a volé sa marchandise. C'est lui qui est dans son droit, tu n'as pas à intervenir.

Nylah hésita une seconde. Une clameur sourde s'élevait autour des deux femmes.

— Tout ça pour quelques pommes…, pesta Nylah, alors qu'une fillette de dix ans à peine se faufilait entre ses jambes et ramassait la machette abandonnée sur le sol.

L'enfant lui lança un regard mauvais, puis elle larda le voleur de toutes ses forces. L'homme se mit à hurler, parant comme il le pouvait les coups de lame qui lui entaillaient les mains et les bras. Ses traits se figèrent quand la machette lui fendit le crâne pour de bon.

Nylah et Marinette s'éloignèrent à reculons et disparurent bientôt, avalées par la foule grondant de satisfaction.

— Pays de tarés ! hurla la jeune femme quand elles furent à bonne distance du carnaval.

— Il y a ce qui est juste et ce qui ne l'est pas, lui répondit la *mambo*. Ce commerçant châtie son voleur, c'est juste. Le voleur lui a dérobé le fruit de son travail, ça ne l'est pas.

Nylah observa les rues souillées de crasse et laissa infuser en elle la violence qui ceinturait la ville dans une brume incandescente. Elle rejoignit Marinette, qui s'était installée sous le porche d'une maison abandonnée de style gingerbread. L'île regorgeait de ces bâtisses en bois aux plafonds hauts, aux toits pentus et aux larges fenêtres obturées par des persiennes. La *mambo* s'assit sur une balancelle rouillée et se mit à mâchouiller le bout de sa pipe.

— Adieu à la chair.

— Qu'est-ce que tu racontes encore ? maugréa Nylah, qui peinait à retrouver son calme.

Marinette sortit un éventail de son sac à main et commença à l'agiter d'un geste ample, une ombrelle noire tissée de fil d'or dans l'autre main. Elle était vêtue de sa tunique rouge et d'un masque aux traits grossiers, qui lui rappela celui de Zéphyr.

— C'est la signification du mot carnaval, ma 'tite chérie. *Carne vale*, en latin. Adieu à la chair, et adieu à tous les plaisirs pendant les quarante jours de carême. Mais trois jours avant le mercredi des Cendres, premier jour de carême, on peut faire la fête autant qu'on veut. Moi, j'ai toujours aimé le *kanaval*. Tout le monde danse, tout le monde chante. La rue est au peuple, et il fait tout ce qu'il veut. C'est ici que nous t'avons revue la première fois, mon 'tit ange caramel et moi.

Nylah tourna la tête vers la sorcière et lui lança un regard interloqué.

— J'emmenais Zéphyr ici tous les ans, poursuivit Marinette. C'était la seule manière de le sortir de chez moi sans que les gens voient son visage abîmé, tu comprends ? Un enfant masqué parmi des centaines d'autres. C'est comme ça que nous sommes tombés sur toi et sur le père Janssen. Il était venu pour…

— … négocier une rançon avec un gang de la ville. Ils avaient kidnappé un prêtre du diocèse de Paris. Je m'en souviens.

— C'est ça. C'est Zéphyr qui t'a reconnue. Il m'a pincé le bras et il s'est caché derrière moi. Il tremblait comme une feuille ! C'était ridicule, il n'avait aucune raison de craindre sa petite sœur. C'est là que j'ai compris que ce n'était pas de toi qu'il avait peur. Il avait reconnu Janssen.

La *mambo* fut prise d'un petit rire presque sardonique.

— Je me suis retournée vers lui et je lui ai dit : *De mòn pa janm rankontre, men de moun konn rankontre.* Il n'y a que les montagnes qui ne se rencontrent jamais.

— Et c'est là que tout a commencé, pas vrai ?

— Non, 'tite chérie. C'est venu plus tard, Zéphyr était encore trop jeune pour se venger des Lougawous. Nous avons attendu qu'il devienne un homme suffisamment fort et un sorcier puissant. Quand ce jour est enfin venu, j'ai contacté des amis haïtiens à Paris qui ont remonté votre piste, à toi et au prêtre, et nous avons embarqué, Zéphyr et moi, à bord d'un cargo en partance pour la France. Mais tout ça c'est du passé, et tu es là, à présent. Nous sommes à nouveau une famille.

Une ombre passa dans les yeux de Nylah. Elle repensa à Hugo et se surprit à croiser les doigts pour que le flic ait localisé son appel à l'aéroport de Zurich.

Elle reprit d'une voix blanche :

— À quoi bon continuer à traquer ces Lougawous ? Ils sont vieux, aujourd'hui, et leur mort ne nous rendra pas nos parents.

La voix de crécelle de la vieille *mambo* se fit soudain menaçante :

— *Sa w' simen se sa w' rekòlte !* Ça veut dire…

— Je sais ce que ça veut dire ! aboya Nylah d'un ton excédé. On récolte ce que l'on sème.

Marinette interrompit le lent mouvement de balancier de son éventail et la regarda droit dans les yeux.

— Tu es en colère, 'tite chérie, c'est très bien. C'est utile, la colère. C'est un feu à l'intérieur de toi. Il ne faut pas qu'il s'éteigne. Pendant un moment, j'ai cru que tu n'avais plus le courage d'aller au bout. C'est pour ça que je souffle sur les braises de ta colère. Pour que tu ailles au bout !

Nylah se prit le visage dans les mains.

— Je n'y comprends rien. Qu'est-ce que tu essaies de me dire, au juste ?

— Je connais beaucoup de monde sur cette île. Et, grâce à ces amis, je sais exactement où se cache l'homme qui a détruit le visage de ton frère. Je sais où trouver Peter Kœnig.

17

Paris, France
48° 49' 03" N 2° 21' 55" E

Hugo poussa la porte de son appartement et s'écroula sur le canapé sans même prendre la peine d'allumer. Il était en pleine conversation houleuse avec Gizmo.

— Bon sang, capitaine, ça fait dix fois que je t'appelle ! Marc Duveau te cherche partout.

Pétrie poussa un long soupir agacé. Marc était le directeur de l'IGPN, le chef de l'Inspection générale de la Police nationale. C'était son meilleur ami, mais aussi la seule personne qui pourrait mettre un coup d'arrêt à son enquête ou tout simplement à sa carrière.

— Je vais appeler Marc. Tu as tracé l'appel que j'ai reçu tout à l'heure ?

Pétrie sentait son adjoint bouillir à l'autre bout du fil, mais Gizmo lui répondit d'un ton maîtrisé. Il connaissait son chef de groupe. Hugo avait fait une promesse à la mère de Stan, celle de retrouver l'assassin de son fils, et rien ni personne ne le ferait dévier de son objectif.

— Oui, l'appel a été passé depuis l'aéroport de Zurich. On n'a rien d'autre, sûrement un portable prépayé.

La Suisse. Il manquait des pièces au puzzle. Pourquoi Nylah s'apprêtait-elle à prendre un avion ? Et pour où ? Haïti ?

— Merci, Gizmo. J'arrête de t'emmerder avec ces histoires.

— Tu comptes faire quoi ?

Pétrie fit claquer sa langue contre son palais. Il n'en savait rien pour l'instant. Il raccrocha et alluma la télévision. Les infos s'enchaînaient sous ses yeux sans qu'aucune image ne parvienne à s'imprimer sur ses rétines. Partout des conflits, partout de la haine, de la violence sous toutes les formes possibles, sociale, physique, psychologique. Un fond de sauce de fin du monde que les médias raclaient dans la même casserole à longueur de journée.

Et puis soudain il ouvrit un œil, attrapa la télécommande et poussa le volume. La présentatrice annonçait l'assassinat du directeur d'un hôtel perdu au fin fond des Alpes suisses.

Pétrie retint machinalement le nom de la victime : Ruben Novak. Il essaya de se lever, mais la fatigue accumulée ces derniers jours le renvoya au fond de son canapé.

La vibration du téléphone sur la table du salon l'arracha à sa torpeur. Ses muscles étaient encore un peu endoloris, mais ces quelques heures de sommeil lui avaient fait du bien.

Il découvrit le message d'Esther. Net et précis :

Mathias Schaeffer – Port-au-Prince
+509 29 45 2056
mathiasschaeffer@digicel.com
Vous pouvez l'appeler. Il a des informations pour vous.

Hugo se traîna jusqu'à la cuisine et se fit un café. Il revint s'asseoir dans le salon et consulta sa montre. Il était temps d'appeler ce Mathias. Il avala une gorgée de liquide brûlant qui acheva de le réveiller tout à fait, puis il composa le numéro.

— Monsieur Schaeffer ? Capitaine Hugo Pétrie, police judiciaire. Je vous appelle de la part d'Esther Ripoll.

— Salut, capitaine, vous pouvez m'appeler Mathias. Et on se tutoie, je préfère. Esther m'a raconté ton histoire de tueur vaudou. Je dois avouer que je n'étais pas spécialement convaincu, mais les infos que j'ai pu récupérer sur Daniel Janssen m'ont fait changer d'avis.

— Je t'écoute.

— Janssen était bel et bien aumônier militaire, un *padre*, comme on les appelle dans l'armée. Il a débarqué à Port-au-Prince en 2004 avec un régiment de chasseurs parachutistes pour protéger les ressortissants français après le coup d'État qui a valu l'exil au président de l'époque, Jean-Bertrand Aristide. C'était juste avant la création de la Minustah, tu sais ce que c'est ?

— La mission de maintien de la paix de l'ONU. Je suis déjà au courant pour Janssen et l'opération *Carbet*. Ce qui m'intéresse, c'est ce qu'il a trafiqué en Haïti entre 2004 et 2008.

— Je vais y venir. Janssen est bien resté stationné ici pendant quelques mois.

— Quelques mois seulement ?

— Il s'est fait virer de l'armée.

— Pour quel motif ?

— Actes de barbarie sur des civils haïtiens, tous des membres actifs de la communauté vaudoue. On le soupçonne d'une dizaine de meurtres au total, mais aucune preuve de sa culpabilité n'a été établie à l'époque.

— De la barbarie ? Mais Janssen était aumônier et les Haïtiens sont majoritairement catholiques, non ?

— Catholiques et extrêmement pieux. Mais pas assez au goût de Janssen, qui s'est découvert une vocation de grand inquisiteur en débarquant ici. Un vrai Torquemada ! On raconte qu'il passait ses nuits à se balader en soutane dans les rues de Cité Soleil en marmonnant des psaumes, une bible dans une main et un 44 Magnum dans l'autre. Pour lui, toute cette magie vaudoue n'était que de la sorcellerie sataniste. Il s'est mis à vouloir évangéliser la population en lui mettant un peu de plomb dans la tête. Au sens propre.

Hugo repensa à Esther et à Éric, le gérant du café paroissial. Le portrait qu'ils lui avaient brossé de Janssen était bien loin de la réalité.

— Pour un soldat de la paix, ça la fout un peu mal.

Hugo perçut le sourire de Mathias à l'autre bout du fil.

— Je ne te le fais pas dire, d'autant que le vaudou est puissant en Haïti. Tu sais ce qu'on dit ici ? Soixante-dix pour cent des Haïtiens sont catholiques, trente pour cent sont protestants et cent pour cent sont vaudouisants ! Bref, l'armée a fini par le virer au bout de quelques mois. Selon les archives des Nations unies, c'est à cette période qu'il a été approché par trois officiers de la Minustah qui venaient tout juste d'arriver en ville. Trois belles pourritures qui étaient en cheville avec l'entourage du président Aristide. Il faut que tu saches avant tout qu'Haïti a toujours été une plaque tournante pour l'expédition de cocaïne vers les États-Unis et que le président Aristide était mouillé jusqu'au cou avec les cartels. À l'époque, environ quinze pour cent de la production colombienne livrée aux États-Unis transitaient par le pays. Une fois Aristide dégagé du pouvoir, les narcos ont voulu assurer leurs arrières et sécuriser le marché malgré l'état de siège instauré à l'époque. Il leur fallait des hommes capables de maintenir le business et de superviser la distribution de la came. Ils devaient aussi prélever la quote-part du gouvernement haïtien et assurer le ravitaillement des avions qui faisaient escale en Haïti avant de repartir livrer leur coke en Floride. C'est pour toutes ces raisons qu'ils ont recruté des types expérimentés, capables de gérer les gangs de Chimères qui s'occupaient de revendre la came à Port-au-Prince.

— Des Chimères ? demanda Hugo.

— Des gangs de jeunes camés des bidonvilles qui sèment la terreur à Port-au-Prince depuis des années. C'est l'ancien président, Jean-Bertrand Aristide, qui a fédéré ces gangs quand il a accédé au pouvoir. Il en a fait sa milice privée afin de neutraliser ses opposants, contrôler les urnes et garder la mainmise sur les deals de came dans les quartiers.

— Et quoi de plus efficace que des militaires corrompus pour chapeauter les gangs, conclut Pétrie. Pourquoi ne pas les avoir arrêtés à l'époque ? Les Nations unies auraient pu faire le ménage.

— Je n'ai aucune info là-dessus pour l'instant. Ils se sont volatilisés en 2008 sans laisser de traces et sans être inquiétés.

— L'ONU a laissé faire ?

— Oui, moi aussi, ça m'intrigue. D'autant qu'ils étaient clairement identifiés et que les Nations unies avaient des dossiers complets sur leurs activités de deal. Je ne comprends pas, mais je vais creuser ça.

— Tu as dit que tu avais leur nom ?

— Oui. Daniel Janssen, que tu connais déjà. Peter Kœnig, un ancien des forces spéciales allemandes. Ruben Novak, un sniper sud-africain. Et enfin Max Dapper, un médecin militaire néerlandais. Je vais t'envoyer leur dossier par mail.

— Attends une minute ! Tu as dit Novak, c'est bien ça ?

— Oui, c'est bien ça. Ça te parle ?

Enfin des pièces du puzzle qui s'imbriquaient.

— Ce Novak a été retrouvé carbonisé à l'aube dans le sous-sol d'un hôtel dans les Alpes suisses, j'ai vu ça aux infos.

— Tu penses à quoi exactement ?

— Janssen transformé en zombi, et maintenant Novak immolé par le feu. Je pense à une vengeance, Mathias. Si ce tueur traque cette bande des quatre, il n'en est qu'à la moitié. Et puis il y a cette fille, Nylah Dévereaux, la fille adoptive de Janssen. Je ne sais pas dans quelle mesure elle est impliquée dans les meurtres, mais elle voyage avec le tueur. Elle a essayé de me contacter depuis l'aéroport de Zurich. Je pense qu'elle est en route pour Haïti.

Mathias laissa planer un court silence, puis il reprit :

— Esther m'a parlé de cette fille. Aucune trace d'elle dans les registres. Bon, je dois m'absenter quelques jours dans le nord du pays pour une mission de sécurisation d'une antenne-relais. Je vais relancer mes contacts au sujet de cette Nylah Dévereaux. Je pense avoir de nouvelles infos pour toi à mon retour.

— Je pensais que tu travaillais toujours pour l'ONU, fit Hugo avec étonnement.

— La mission de la Minustah s'est terminée en 2017. J'en ai profité pour passer dans le privé et monter ma propre boîte de sécurité, Esther ne t'en a pas parlé ? Je bosse pour Digicel, le plus gros opérateur téléphonique du pays. C'est pour ça que je vais dans le Nord. Les gangs s'en prennent régulièrement à nos installations et menacent de tout bousiller si on ne leur donne pas ce qu'ils veulent.

— Ils sont gourmands ?

— Ça dépend, mais c'est systématiquement n'importe quoi. Là, je vais me taper deux cents bornes en pick-up pour une bande de branleurs qui nous réclament un terrain de basket ! Bref, je te tiens au courant dans quelques jours.

La foule d'informations fournie par l'ancien paramilitaire tournait dans la tête de Hugo. Il lui fallait des réponses et il n'y avait qu'un moyen de les obtenir.

— Tu me raconteras ça sur place. Je saute dans le premier avion.

Mathias l'interrompit d'un ton ferme :

— Je te le déconseille, c'est beaucoup trop dangereux ! Le nombre de kidnappings a explosé à Port-au-Prince. Les gangs enlèvent maintenant les touristes dès leur arrivée à l'aéroport !

— Pas le choix, je dois retrouver Nylah et neutraliser ce tueur. J'ai fait une promesse à quelqu'un.

Mathias sentait la détermination du flic sourdre par tous les pores de sa peau.

— OK. Dans ce cas, débrouille-toi pour arriver vendredi, je devrais être sur le chemin du retour. Si je ne suis pas rentré à temps, je trouverai quelqu'un pour venir te chercher à l'aéroport. Et une dernière chose.

Hugo retint son souffle.

— Attends-toi au pire en débarquant ici.

18

Paris, France
48° 50' 31" N 2° 23' 29" E

Marc Duveau observait la rue depuis la fenêtre de son bureau, au dernier étage des locaux de l'IGPN, dans le 12e arrondissement. Le chef de l'Inspection générale de la Police nationale était de mauvaise humeur. Il s'installa derrière son bureau et fit tomber deux cachets d'aspirine dans une tasse à café quand son téléphone vibra dans la poche de sa veste. Seules deux personnes possédaient le numéro de sa ligne privée, et la personne qui essayait de le joindre à cet instant n'était pas son ex-femme.

— Bordel, Hugo, qu'est-ce que tu fous ? T'es où, là ?

Pétrie lui coupa la parole :

— Une semaine, c'est tout ce que je te demande. Ensuite, je me présente à l'IGPN et tu feras ce que tu veux. Si tu n'es pas d'accord avec ça, mon badge et mon arme de service sont dans un tiroir de mon bureau.

Un léger tressaillement dans la voix de Pétrie fit comprendre à Duveau que son ami ne plaisantait pas. Les deux hommes se connaissaient depuis l'école de police et entretenaient une amitié solide, un lien invisible et inaltérable. Ils s'étaient toujours épaulés et avaient traversé les épreuves de la vie comme deux frères d'armes au fond d'une tranchée.

— Je sais que Leclerc a merdé. Il n'aurait jamais dû te parler de Marion au cimetière, mais toi aussi tu es allé trop loin. Je ne pourrai pas le retenir bien longtemps. Et puis il y a le gosse que tu as entraîné avec toi. Ce n'était qu'un ripeur. Il n'avait rien à faire là quand tu as logé Babenko, et encore moins quand vous vous êtes pointés dans ce squat à Montreuil. Putain, Hugo, qu'est-ce qui t'a pris ?

Pétrie tira une longue bouffée sur sa cigarette et projeta la fumée sur la paroi de verre de l'espace fumeurs du terminal 4 de l'aéroport d'Orly. Dernières volutes avant d'embarquer pour un périple de vingt-deux heures. Paris – New York – Port-au-Prince. Destination finale. Il crut voir se reconstituer les traits du visage de Stan dans le halo grisâtre qui moutonnait contre la vitre du fumoir.

— Je sais ce que j'ai fait. Pour Stan, crois-le ou non, je le regretterai toute ma vie. Pour Leclerc, si c'était à refaire, je ferais bien pire que lui casser le nez. Une semaine, Marc, rien qu'une semaine, répéta Hugo. J'imagine que tu as reçu le rapport de Gizmo, tu sais ce qui s'est passé. Je dois retrouver cette Nylah Dévereaux. C'est elle qui me mènera à l'assassin de Stan.

— Ne me dis pas que tu enquêtes de ton côté, Hugo. Ne me dis pas que tu court-circuites le groupe de Dorval à la crim, ça va te coûter ta carrière ! éructa Marc, qui savait d'avance que rien ni personne n'arrêterait son ami.

Il marmonna dans sa barbe quelques jurons inaudibles, puis il capitula.

— Bon, j'imagine que tu ne m'en diras pas plus. Je te veux ici, dans mon bureau, dans une semaine pile. Si tu as une minute de retard, je te crucifie sur place. Est-ce que c'est clair ?

Hugo sortit du fumoir peuplé de touristes hagards au visage flouté par une épaisse fumée grise. Il s'installa sur un siège de la salle d'embarquement et ouvrit son ordinateur portable. Il cliqua sur le message envoyé par Mathias Schaeffer et commença à parcourir les dossiers d'archives estampillés ONU.

Il passa rapidement sur ce qu'il savait déjà du passé de Daniel Janssen et s'attarda sur les trois autres.

Le nom de Ruben Novak, dernière victime du tueur vaudou, attira son attention. Il parcourut ses états de service, et se concentra sur les notes que Mathias Schaeffer avait ajoutées en bas de page.

> Ancien sniper viré des forces spéciales sud-africaines, à la suite de l'échec d'une opération en Afghanistan. Son équipe était censée capturer un chef taliban, mais ils se sont fait repérer. L'exécutif a interdit à Novak et à son équipe d'intervenir. Ça a mal tourné. Lui et ses hommes ont d'abord assassiné le chef taliban et sa garde rapprochée, puis ils s'en sont pris aux femmes et aux enfants présents sur le camp. Quand ils ont eu brûlé leurs dernières cartouches, ils ont achevé les survivants au marteau et à la hache. Même les chiens y sont passés.

Hugo passa au troisième homme et comprit dès les premières lignes qu'il ne pouvait être que leur chef. Peter Kœnig. Né en 1958 à Munich, major de sa promotion à l'université de la Bundeswehr à l'âge de vingt-deux ans. Kœnig n'avait pas cherché à grimper les échelons de la hiérarchie militaire, préférant intégrer les forces spéciales comme simple officier subalterne.

Commander des hommes sur le terrain, c'est tout ce qui semblait l'intéresser.

Il avait intégré les forces spéciales allemandes, le KSK – Kommando Spezialkräfte –, dont il avait dirigé le 4e peloton, déployé dans des régions au climat difficile : Kosovo, Liban, Afghanistan. Il avait participé à un nombre incalculable d'opérations extérieures, officielles ou non : sauvetage et exfiltration de citoyens allemands en danger à l'étranger, obtention de renseignements sur des situations de crise et de conflit, engagements militaires en territoire ennemi.

Malgré ses faits d'armes, Kœnig s'ennuyait ferme dans un commando souvent empêché d'agir par un pouvoir politique frileux à l'idée d'impliquer des forces opérationnelles sur le terrain. Le manque d'engagement dans les actions du KSK leur valut bientôt la défiance des commandos étrangers, qui les prenaient pour des faibles, soumis au bon vouloir du gouvernement allemand.

Kœnig ayant démissionné du KSK en 2004, les forces militaires brésiliennes avaient profité de l'aubaine pour lui offrir un poste de conseiller militaire auprès des Casques bleus de la Minustah, fraîchement créée par le Conseil de sécurité des Nations unies et dirigée par les forces brésiliennes chargées de la coordination des troupes internationales.

La fiche signalétique du dernier membre du groupe laissa Hugo sur sa faim. La page ne comportait que quelques informations factuelles sur le passé militaire de Maximilian Dapper. Médecin militaire originaire des Pays-Bas. Pétrie lut le commentaire de Mathias.

Lui, c'est un fantôme. Il a disparu des radars en 2008. Aucune trace de son existence dans les registres des Nations unies. J'ai aussi appelé la PNH, *nada*. J'espère en apprendre plus d'ici ton arrivée. Bon vol.

19

Port-au-Prince, Haïti
18° 34' 44" N 72° 17' 04" W

Hugo traversa à grands pas le terminal surchauffé de l'aéroport Toussaint-Louverture. Il observa d'un œil distrait les centaines de lampions multicolores qui décoraient le plafond tout en rallumant son téléphone portable. Mathias Schaeffer lui avait laissé un message alors qu'il comatait sur le siège trop étroit d'un Boeing 777 qui filait à 900 km/h quelque part au-dessus de l'océan Atlantique.

> Pas dispo pour venir te chercher. Je t'ai loué un taxi, le chauffeur s'appelle Firmin, il t'attendra à l'aéroport et te conduira directement à l'hôtel que je t'ai réservé. Firmin a un paquet pour toi. Il contient un téléphone sécurisé, un peu de fric (dollars US et gourdes haïtiennes) et un petit cadeau qui te sera utile. Je te recontacte en fin de journée. En attendant, tu ne bouges pas de ta chambre.

Hugo fouilla le hall des yeux et salua de la main un petit homme mulâtre qui levait au-dessus de sa tête un panneau en carton qui portait son nom.

— Monsieur Pétrie ? Moi, c'est Firmin, c'est Mathias Schaeffer qui m'envoie.

Le flic salua le chauffeur de taxi en masquant un sourire. Firmin était une caricature ambulante. Des cheveux ondulés plaqués sur la tête sous une épaisse couche de gel, une chemise ample aux couleurs fluo décorée d'un mauvais portrait d'Elvis Presley. L'homme affectait un geste du coude un peu ridicule pour bien mettre en valeur la Rolex en toc qu'il portait au poignet. Hugo mit une main en visière sur son front et sentit ses tempes se compresser sous l'effet du choc thermique. Le soleil du début d'après-midi lui cuisait déjà les yeux. Il plongea la main dans la poche de sa veste de treillis et chaussa une paire de Ray-Ban. Malgré les verres fumés, le monde autour de lui tressaillait comme un mirage dans le désert.

— Vous n'êtes pas habitué à ce genre de chaleur, pas vrai ? lança Firmin.

Hugo s'installa sur le siège en skaï rouge de l'antique DS Citroën recuit par le soleil et s'essuya le front d'un revers de main. Il avait posé le pied sur le sol haïtien depuis quinze minutes à peine et il dégoulinait déjà d'une sueur âcre qui lui donnait la nausée. La puissante odeur d'eau de Cologne à l'intérieur de l'habitacle n'arrangeait rien à l'affaire.

Firmin lui tendit un paquet enveloppé dans du papier journal.

— Mathias m'a donné ça pour vous. Il vous a laissé un peu d'argent et un nouveau téléphone, sur lequel il doit pouvoir vous joindre à n'importe quel moment. Il y a aussi un petit cadeau à manier avec précaution. Un engin comme ça, ça vaut au moins deux mille dollars US en Haïti.

Hugo ne releva pas et déballa le paquet sur ses genoux. Il alluma le portable siglé Digicel, ôta l'élastique qui retenait une liasse de billets d'origines différentes et fourra le tout dans son sac à dos. Puis il s'empara du Glock 19 flambant neuf et vérifia la culasse avant de faire monter une balle dans la chambre. Firmin, lui, slalomait entre les voitures en gueulant sur les autres chauffeurs qui lui coupaient la route.

Mathias lui avait dégoté un hôtel à touristes dans les faubourgs de Port-au-Prince, commune de Delmas. Firmin gara son vieux paquebot présidentiel au beau milieu d'une foule de badauds qui se dissipa en se bouchant le nez devant l'épais nuage de fumée blanche qui sortait du pot d'échappement. Firmin éclata de rire en voyant la mine dépitée de Hugo.

— Au moins, comme ça, ils s'écartent ! Allez, bonne chance ! Je vous conseille de vous reposer un peu et de ne pas sortir de l'hôtel. Le quartier n'est pas sûr, surtout pour un touriste.

— Comme toute cette ville, apparemment, lâcha Hugo en s'extirpant du véhicule.

Le flic attendit que l'épave de Firmin s'évanouisse au coin de la rue, puis il se présenta à la réception et récupéra sa clé. Il s'enferma dans sa chambre et s'allongea sur le lit de cette minuscule pièce du bout du monde aux murs tapissés de tableaux aux couleurs criardes. Il alluma la télévision et zappa d'une chaîne à l'autre avant de balancer la télécommande sur le lit. *Et puis merde…* Il descendit à la réception et calma d'un geste de la main la femme qui le dévisageait de derrière son comptoir.

— Trop dangereux sortir, pour un Blanc comme toi !

Il lui lança un clin d'œil appuyé et, enfin, il se retrouva dans la rue.

*

Hugo n'avait encore jamais vu une ville dans un tel état de putréfaction. Le sol était jonché d'immondices et de détritus qui colmataient les bouches d'égout d'une épaisse couche de matière noire et visqueuse. Les tas d'ordures et les flaques nauséabondes ponctuaient son chemin dans un dédale anarchique de milliers de cabanes de tôle multicolores qui filaient à perte de vue vers les sommets de la ville.

De ce pays il ne connaissait rien, ou presque, hormis quelques bribes d'information qu'il avait pu glaner avant son départ.

Haïti, la Perle des Antilles, première république noire de l'histoire, avait gagné son indépendance de haute lutte face à l'armée de Napoléon en 1804. Treize années de conflits, des dizaines de milliers de morts et la première révolte d'esclaves réussie du monde moderne.

Pour un temps.

Vingt et un ans plus tard, Charles X, roi de France et de Navarre, déployait une flottille de guerre au large de Port-au-Prince et réclamait des indemnités pharaoniques afin de dédommager les anciens propriétaires d'esclaves français chassés de l'île : cent cinquante millions de francs-or, le prix à payer pour éviter un nouveau conflit. Un prix qui allait plomber l'économie de l'ancienne colonie française jusqu'au début du xxe siècle.

Et puis la France avait oublié Haïti en l'isolant politiquement et économiquement. Deux siècles d'un silence méprisant avant qu'un président français daigne remettre les pieds à Port-au-Prince, en 2010. Le chef d'État s'était contenté d'une visite éclair de quatre heures dans la capitale suite au tremblement de terre qui venait de dévaster le pays.

Séismes à répétition, ouragans, corruption, trafics, guerres de gangs, population dans une précarité extrême : Mathias avait raison, Hugo devait s'attendre au pire dans ce pays au fond du gouffre accumulant des tragédies qui n'intéressaient pas grand monde.

Il se demanda soudain ce qu'il foutait là. Lui, le flic du Val-de-Marne qui suffoquait sous les assauts de misère bariolée de cette ville rugissante, la plus pauvre d'Occident.

Il s'était perdu depuis longtemps dans un dédale de minuscules bicoques délabrées quand le téléphone que lui avait fourni Mathias vibra dans sa poche. Un SMS.

Firmin m'a dit qu'il t'avait déposé à hôtel.

Rejoins-moi quand tu peux dans le quartier de Delmas 32.

Rue L'Union. Une grange peinte en rouge et bleu.

Il regarda autour de lui et aperçut un marchand ambulant de l'autre côté du trottoir. Il s'approcha de l'homme et lui acheta un paquet de cigarettes.

— Je dois aller à Delmas 32, vous savez où ça se trouve ?

L'homme lui répondit en regardant ailleurs.

— Delmas 32, hein ? Peut-être bien que je sais où c'est, fit-il en souriant de toutes ses dents.

Hugo se contenta de mettre la main à la poche et lui tendit un billet de mille gourdes. L'homme observa un instant le bout de papier mauve à l'effigie du président Florvil Hyppolite et le fourra sous sa casquette délavée.

— Tu fais demi-tour et tu marches tout droit jusqu'à la route 9, dit-il en crachant par terre. Là, tu traverses et tu continues jusqu'à un endroit qui s'appelle le marché de Fer. Tu trouveras plein de *tap-tap* dans ce quartier-là.

— Plein de quoi ? demanda Hugo.

Le marchand éclata de rire.

— Première fois en Haïti, pas vrai ? Un *tap-tap*, c'est un taxi collectif. Tu donnes ton adresse au chauffeur et tu grimpes sur la plate-forme à l'arrière. Ensuite, tu cognes sur le toit du camion et il s'arrête où tu veux : tap-tap ! Et, si tu lui donnes un petit billet supplémentaire, il t'emmènera directement à ta destination. Et ne traîne pas sur Soleil 9, ajouta-t-il d'une voix soudain menaçante. C'est la route qui mène à Cité Soleil. Pas bon, ça, Cité Soleil... Surtout pour un Blanc qui se balade avec autant de fric en liquide et un flingue planqué sous son T-shirt.

Hugo esquissa un vague sourire. Le type avait l'œil.

— C'est quoi, ça, Cité Soleil ?

— Tout le monde connaît Cité Soleil, à Port-au-Prince. C'est le plus grand bidonville de l'hémisphère Nord. Et c'est aussi le bastion des pires gangs de la ville. Ne t'approche pas de ce coin-là. Jamais. Si les gangs te chopent, ils demanderont une rançon à ta famille. Si personne ne paie pour toi, t'es mort. Ta vie n'a pas plus d'importance qu'un sac-poubelle éventré, à Cité Soleil. Ici, tout le monde s'en fout, de la vie, de toute façon. Allez, bon vent, le Blanc, et un conseil : *Bouche nen w pou bwé dlo santi !* Bouche-toi le nez pour pas sentir.

Pétrie réajusta ses lunettes de soleil et salua l'homme d'un signe de tête. Il s'arrêta quelques minutes au bord de la route nationale 9 et observa le grand château d'eau qui marquait l'entrée de la fameuse Cité Soleil. Les bâtiments tout autour étaient criblés d'impacts de balle et de stigmates de guérilla urbaine. Il se tâta machinalement les reins et vérifia que son arme était toujours à sa place.

Une foule compacte s'agglutinait en rangs serrés sous le porche métallique rouge vif qui reliait les deux halles du marché de Port-au-Prince.

Hugo se tint à l'écart quelques instants et observa les visages. Il éprouvait un vague sentiment de malaise, mais personne ne lui accordait la moindre attention. Il fouilla du regard les abords du marché de Fer et aperçut un antique camion repeint à la main aux couleurs de l'arc-en-ciel. La calandre rose fluo affichait un message sans équivoque : *L'ange de l'Éternel.*

Hugo se planta devant la cabine du chauffeur.

— Combien pour m'emmener à Delmas 32 ?

— C'est cher, lâcha-t-il en tournant la page de son journal. Tu sors d'où, toi ? Français, je parie !

Hugo se frotta les ailes du nez en soupirant.

— Non, japonais. Bref, tu veux combien ?

L'homme se replongea dans sa feuille de chou.

— Si tu as des dollars américains, je t'emmène où tu veux.

Hugo tria la liasse que lui avait donnée Mathias et lui tendit un billet de vingt dollars US qui fit se redresser subitement le chauffeur sur son siège.

— Monte à l'arrière. À partir de maintenant, tu es mon client VIP ! déclama-t-il sur un ton théâtral en balançant son journal sur le siège passager.

18° 47' 59" N 72° 49' 35" W

Zéphyr avait un plan.

Quand les soldats sont repartis vers la plage, nous sommes retournés chez Marinette, qui se balançait nerveusement sur son rocking-chair.

— À quoi tu joues, 'tit ange ? a-t-elle lancé au garçon, qui regardait ses pieds.

Elle n'a pas insisté, mais je voyais bien à son air qu'elle se posait tout un tas de questions. Elle nous a préparé notre goûter, le dos courbé sur la table de la cuisine, et puis elle est retournée s'asseoir à l'extérieur sans plus s'occuper de nous.

Zéphyr m'a regardé droit dans les yeux d'un air mauvais qui voulait dire : « Pas un mot à la vieille ! »

Quand nous sommes ressortis sur le perron de la cabane, Marinette a retenu le garçon par le col de son T-shirt.

— Toi, tu vas rester un peu avec moi cet après-midi, nous avons du travail. Lucius peut bien rentrer tout seul jusqu'à la ferme.

Zéphyr a opiné sans un mot et il m'a fait signe de repartir sans lui.

Je n'ai jamais su ce qu'il s'était passé entre eux ce jour-là, mais quand le garçon est rentré, un peu plus tard, j'ai senti que quelque chose en lui avait changé. Il m'a lancé un regard étrange, plein d'une confiance nouvelle, comme si la vieille sorcière l'avait éveillé à quelque chose de tellement fort qu'il en était ressorti grandi, mûri. Et plus dangereux. Je me souviens de la manière dont il a observé sa mère alors qu'elle tressait encore les cheveux de Nylah. Ses yeux étaient différents. Le petit garçon compréhensif et doux avait cédé la place à un autre enfant, plus inquiétant, et dont les prunelles dardaient de la haine pour cette femme qui l'avait mis au monde et qui avait passé sa vie à le mépriser.

À présent, c'était son tour.

Le père, lui, ne disait rien. Il fumait sa pipe assis sur une chaise devant la cheminée. Il ne disait rien, mais je savais bien que lui aussi se posait des questions, tout comme Marinette. Zéphyr est parti se coucher sans même dire bonsoir. Quand nous nous sommes allongés sur les nattes en feuilles de bananier, il s'est retourné vers moi et m'a glissé à l'oreille :

— On retourne à la planque des Lougawous cette nuit.

20

Commune de Delmas, Port-au-Prince
18° 32' 48" N 72° 18' 24" W

Hugo sauta de la plate-forme du *tap-tap* et joua des coudes parmi la foule déchaînée qui se massait devant l'entrée de la grange. Il se fraya un chemin à l'intérieur parmi les odeurs de rance et de sueur des villageois, ivres de victoires ou dépités d'avoir perdu leurs mises minables dans un de ces combats de coqs qui fleurissaient partout en Haïti.

Assis en cercle sur des gradins de fortune, les propriétaires caressaient la crête écarlate de leurs champions aux yeux bandés par des vieilles chaussettes.

Au centre du gallodrome, un combat inégal faisait rage dans un nuage de poussière et de sang. Un vieux coq fatigué ne cherchait même pas à se défendre. Il était trop vieux pour se battre et opposer la moindre résistance à ce jeunot qui le défiait du regard et qui allait à nouveau s'abattre sur lui comme un marteau sur une enclume. L'ancêtre se contentait de courber l'échine et d'encaisser les chocs avant de valdinguer pour de bon aux pieds de la foule hystérique agglutinée dans la grange.

Certains parieurs en venaient presque aux mains à force de gueuler pour encourager leur champion, d'autres agitaient frénétiquement des liasses de billets chiffonnés tendues vers le plafond de bois bariolé de rouge et de bleu.

Le vieux coq se redressa douloureusement et observa son maître qui lui jetait un regard mauvais.

— Tue-le, lui hurlait-il. TUE-LE !

Mais l'ancêtre ne tuerait personne aujourd'hui. Il était temps d'en finir. Il était temps de s'en aller. Il aurait tellement aimé terminer sa vie tranquillement dans le poulailler de la cabane où il vivait avec son maître et sa famille.

Hugo s'approcha et aperçut le volatile qui ployait sous les coups de boutoir. Il pouvait sentir la résignation du vieux combattant qui s'ébroua une dernière fois et releva la tête, offrant son cou à son adversaire dans une ultime supplique.

Le jeune coq lui trancha la gorge d'un coup d'ergot affûté.

Une clameur de colère et de déception embrasa le public de la grange. Tous avaient l'impression d'avoir assisté à un combat truqué. Ils dévisagèrent le propriétaire, qui se frayait un chemin jusqu'à la dépouille de son vieux champion et leur retournait leurs regards lourds de reproches et de frustration. L'homme mit un genou à terre et prit l'animal dans ses bras. Sa chemise blanche s'étoila du sang encore chaud du coq alors qu'il fendait la foule des parieurs, qui le huèrent jusqu'à la porte de la grange. Il chargea la dépouille du volatile dans un cageot fixé sur le porte-bagages de sa mobylette et grimpa sur la selle en priant pour que l'antique pétoire veuille bien démarrer du premier coup.

Hugo emboîta le pas aux parieurs mécontents et sortit de la grange. Le soleil déclinant laquait d'or les baraques de tôle qui s'étiraient devant lui à perte de vue.

— Le spectacle t'a plu, capitaine ?

Le flic releva la tête. Il s'attendait à ce que Mathias Schaeffer soit un gars costaud, mais pas un tel colosse aux cheveux blonds coupés à ras et au front couvert de larges cicatrices qui zébraient le haut de son crâne comme des éclairs un soir d'orage. Hugo baissa les yeux sous le regard amusé de Mathias, qui avait l'habitude d'être observé de la sorte et ne prêtait plus la moindre attention à la moue un peu dégoûtée que les gens lui adressaient en découvrant son front scarifié.

— Un petit souvenir d'un type qui a pris mon crâne pour une boîte de conserve, lâcha-t-il au flic en riant.

Hugo repensa furtivement à Esther et au trouble qui était passé dans ses yeux à l'évocation de Mathias. Ces deux-là s'étaient aimés et s'aimaient probablement encore malgré les milliers de kilomètres qui les séparaient.

— Désolé, je ne voulais pas te mettre mal à l'aise, lui lança le flic en lui tendant une main franche.

— Ne t'inquiète pas pour ça, j'ai l'habitude. À mon tour d'être désolé de ne pas être venu moi-même te chercher à l'aéroport, je suis rentré il y a une heure à peine. Suis-moi, on nous attend dans les locaux de la PNH. J'ai reçu un coup de fil de mon plus vieux pote encore en vie dans ce pays. Niko Madsen, un ancien de la Minustah, lui aussi. Il a des infos pour toi.

Hugo eut un geste de recul.

— Tu m'emmènes chez les flics ?

— Exactement. Mon pote Niko dirige une unité spéciale au sein de la Police nationale : l'ULCS, l'Unité de lutte contre les crimes sexuels. C'est lui qui s'est rencardé sur ton affaire auprès du siège des Nations unies.

— Les Lougawous, ou Loups-Garous en français, précisa Niko en posant trois tasses à café sur son bureau. Peter Kœnig, leur chef, Daniel Janssen, Ruben Novak et Max Dapper. Ces quatre-là ont supervisé le trafic de dope en provenance de Colombie pour le compte du gouvernement haïtien de 2004 à 2008, avant de finir par doubler le cartel et le gouvernement d'Aristide en braquant une part de la came à leur profit.

Hugo saisit la tasse de café brûlant que lui tendait Niko. Il soutint le regard de son homologue flic quelques instants. Crâne chauve, longue barbe tressée qui prolongeait son visage rond traversé d'un regard bleu ciel, Niko Madsen ressemblait plus à un mercenaire russe en stand-by à Port-au-Prince qu'à cet officier de police assermenté qui les avait accueillis un peu plus tôt devant l'entrée principale du siège de la PNH. Hugo et Mathias lui avaient emboîté le pas jusqu'aux locaux flambant neufs de l'ULCS, sur lesquels il régnait désormais en maître. Il s'était empressé de les faire asseoir, enthousiaste à l'idée de partager avec eux ses récentes découvertes.

— Comment as-tu récupéré ces infos ? demanda Hugo.

Madsen fit rouler un cigare entre ses doigts d'un geste évasif.

— Une vieille copine qui bosse aux Nations unies. Tout était écrit noir sur blanc dans les archives de la Minustah. Personne n'a jugé utile d'inquiéter les Lougawous, à l'époque.

— Mais c'est du délire ! s'exclama Hugo.

Niko coupa la tête de son cigare et l'humecta entre ses lèvres.

— Pas tant que ça, capitaine, pas tant que ça. Les archives des Nations unies sont remplies de ce genre de « secrets de famille », et je te passe les affaires de viols collectifs par des Casques bleus ou la propagation du choléra auprès des populations. 10 000 morts en Haïti en trois ans ! Tout ça à cause de quelques crétins de l'armée népalaise qui balançaient leurs fosses septiques dans le fleuve. Bref, les histoires de deal de came de ces Lougawous ont juste été étouffées comme les autres. On appelle ça un « mensonge multifactoriel », dans le jargon de l'ONU, fit Niko avec ironie avant de reprendre sur un débit saccadé. Bref, inutile de vous faire un dessin : les Colombiens ont moyennement apprécié de se faire enfumer par Kœnig et sa bande.

— Mais quel intérêt pour eux de braquer les narcos ? demanda Mathias. J'imagine qu'ils étaient grassement payés par le gouvernement et les cartels… ?

— Ils sont devenus gourmands. Trop gourmands. Surtout Kœnig. Il vivait à l'époque dans une villa du nord-ouest de l'île avec sa femme et son fils. Un train de vie de ministre impossible à assurer avec un simple salaire de dealer, même pour un dealer en chef. Il a bien fallu qu'il trouve une solution pour faire rentrer plus de cash.

— Et j'imagine qu'il l'a trouvée, sa solution ? suggéra Hugo.

— Ouais. Un truc pas très malin, mais qui leur a rapporté à tous un maximum de blé pendant presque un an. À l'époque, ils supervisaient le ravitaillement des avions colombiens qui faisaient escale à Port-au-Prince avant de repartir pour Miami. Ils n'ont rien trouvé de mieux que de se mettre à détourner certains de ces avions afin de récupérer une partie de la came à leur profit. Sauf qu'au bout de quelques mois les narcos ont commencé à se poser des questions sur ces prétendues « escales techniques » en Haïti et sur ces avions qu'on retrouvait régulièrement abandonnés dans les bayous de Floride avec le cadavre du pilote à bord. Ils ont fini par demander des comptes au gouvernement haïtien, qui n'a pas eu à chercher les coupables bien longtemps. Max Dapper, le toubib hollandais de la bande, s'est pointé de lui-même au palais national, accompagné par Janssen et Novak. Ils ont balancé Kœnig en échange d'une immunité totale et de quelques mallettes de billets verts. Le gouvernement a accepté le deal et a envoyé un commando armé dans la propriété de Kœnig. Malheureusement, il n'était pas chez lui ce soir-là, il y avait juste sa femme et son fils. Ils ont violé et tué la femme et abattu l'enfant d'une balle dans la tête. Ce qu'ils leur ont fait après est… disons… difficile à décrire.

Niko laissa ses propres mots se diluer dans l'air étouffant de la pièce, puis il disposa un jeu de photos sur son bureau.

— Nous, ici, on a l'habitude de ce genre de carnage, mais je pense qu'il faut que tu voies ça de tes propres yeux.

Les horreurs fixées sur la pellicule sautèrent au visage de Hugo, qui posa une main devant sa bouche afin de lutter contre un jet de bile acide qui lui brûlait soudain l'estomac. Il se leva d'un bond et appuya son front contre la baie vitrée du bureau. La vue était vertigineuse. Les faubourgs illuminés de Port-au-Prince scintillaient au bord de l'océan comme des millions de lucioles. Il baissa les yeux, assailli soudain par un sentiment de fatigue et d'impuissance.

— Je… Je n'ai jamais rien vu de tel. Ces types sont complètement cinglés.

— Désolé pour ça, mais tu dois savoir où tu mets les pieds si tu veux continuer ton enquête en Haïti, poursuivit Niko. Mathias t'a déjà prévenu, ce pays est extrêmement dangereux, et des types comme ces Lougawous que tu cherches le sont tout autant que les Chimères. Kœnig aurait dû péter les plombs en découvrant ce que ces tueurs avaient fait à sa famille, mais ça n'a pas été le cas. Il a enterré ce qu'il restait de sa femme et de son fils dans le jardin de sa propriété et il est rentré clandestinement à Port-au-Prince. C'est là qu'il a repris contact avec Sixpack, un Chimère qu'il avait formé à l'époque et qui dirige encore aujourd'hui un des pires gangs de la ville. Sixpack et ses hommes ont passé des mois à traquer les tueurs responsables du massacre de la famille de Kœnig, essentiellement des flics pourris de la PNH à la solde d'Aristide. Les forces de la Minustah ont dénombré vingt-sept victimes en six semaines dans les quartiers de Martissant, Bel Air et Cité Soleil.

— J'imagine que Kœnig a ensuite disparu de la circulation, dit Hugo.

— Exact. Personne ne l'a plus revu ni n'a entendu parler de lui depuis des années. On raconte qu'il vit reclus quelque part dans le nord de l'île. Il serait à la tête d'une sorte de communauté vaudoue, ou je ne sais quelle connerie de ce genre. Quant à Sixpack et son gang, ils continuent leurs trafics et leurs kidnappings à Cité Soleil comme si de rien n'était.

— Aucune piste sérieuse, donc, fit Hugo, déçu.

Niko remplit sa tasse à café et lui lança un regard plein de malice.

— Détrompe-toi. À la suite de mon coup de fil à ma copine des Nations unies, j'ai contacté un autre ami qui bosse à la DEA de Miami, et un nom est sorti du chapeau. Le nom d'un Haïtien qui travaillait pour les Lougawous à l'époque. Donatien Boniface. Il a pris vingt ans ferme pour meurtre à

La Nouvelle-Orléans. C'est lui qui pilotait les avions chargés de coke que détournaient Kœnig et sa bande.

Hugo se racla bruyamment la gorge.

— Et on peut le trouver où, ce Donatien Boniface ?

— Pénitencier d'Angola, Louisiane. J'ai eu le directeur au téléphone dans la matinée. On a rendez-vous avec lui en visioconférence dans quinze minutes.

21

Commune de Delmas, Port-au-Prince
18° 32' 48" N 72° 18' 24" W

Grand, décharné, des longs cheveux crépus noir de jais ramassés sous un bonnet jamaïcain, Donatien Boniface observait sans un mot les trois Blancs qui apparaissait sur l'écran de l'ordinateur portable que le gardien venait de poser sur la table de sa cellule. Il écouta Hugo lui exposer l'objet de leur appel et explosa d'un rire dévastateur qui leur glaça les sangs.

— Moi ? Filer un coup de main à un flic français et à deux retraités de la Minustah ? J'espère que c'est une blague.

— Je n'ai pas le temps de plaisanter avec toi, lui rétorqua Hugo. J'enquête sur la mort du prêtre Daniel Janssen. On l'a retrouvé zombifié dans les rues de Paris la semaine dernière. Il est décédé depuis d'une crise cardiaque.

Donatien hocha la tête.

— Jamais entendu parler de ce type.

— Bien sûr que si, asséna Hugo. Il faisait partie des Lougawous pour qui tu as bossé en tant que pilote. À ce propos, Ruben Novak est mort, lui aussi. On a retrouvé son corps carbonisé dans un hôtel des Alpes suisses avec un pneu autour du cou. J'imagine que ça ne te parle pas non plus ?

L'Haïtien se contenta d'un sourire froid. Il se retourna vers le gardien posté dans un coin de la pièce et lui réclama une cigarette.

Le cerveau de Hugo pédalait à cent à l'heure. Il observa le fond de sa tasse avant de jouer sa dernière carte. Les mots qu'il s'apprêtait à prononcer allaient compter double.

— Quand les flics français l'ont retrouvé, Janssen répétait sans cesse le même nom : Zéphyr.

Cette fois, l'Haïtien se raidit d'un bloc. Un ricochet cosmique faisait soudain bégayer le passé. Il réfléchit un instant, les yeux perdus dans le vague.

— Comment peux-tu être au courant de ça, le flic ? siffla-t-il d'un air mauvais.

Quelques volutes de fumée s'échappèrent de sa bouche avant qu'il ne se rapproche de l'objectif de la caméra.

— Zéphyr..., murmura-t-il. C'était le nom d'un petit garçon qui vivait sur l'île de la Gonâve. Lui et ses parents ont été massacrés par les Lougawous. Et, oui, j'ai travaillé pour ces enfoirés, mais je n'ai rien à voir là-dedans.

Donatien se prit la tête entre les mains. Le souvenir de l'enfant lui avait enlevé toute volonté de cacher la vérité sur ce qui s'était passé ce jour-là.

— Pourquoi s'en prendre à lui ? Ce n'était qu'un môme ! s'écria Hugo.

— C'était notre guetteur sur l'île. Il devait surveiller la piste d'atterrissage et nous prévenir au cas où quelqu'un se pointerait. Un jour, Kœnig s'est aperçu qu'il manquait une dizaine de kilos dans la planque. Ils sont allés demander des comptes au gamin. Je ne sais rien de plus, j'avais déjà redécollé pour la Floride.

— Mathias m'a déjà parlé des avions remplis de came que vous détourniez à Port-au-Prince. Dis-m'en plus.

— C'est Kœnig qui a eu l'idée. Il avait besoin de fric à l'époque. Ça a tenu presque un an, jusqu'à ce que les Colombiens aient des soupçons.

— On sait déjà tout ça. Et tu pilotais donc les avions détournés.

— Oui, au début, je m'occupais juste du ravitaillement des bimoteurs colombiens qui se posaient à Port-au-Prince. Un jour Kœnig m'a convoqué dans son bureau de la Minustah et il m'a proposé un nouveau deal, beaucoup plus lucratif : se débarrasser des pilotes narcos dès qu'ils atterrissaient à Port-au-Prince et aller ensuite planquer une partie de la cargaison sur l'île de la Gonâve. On ne le faisait pas à chaque fois, histoire de ne pas éveiller les soupçons du cartel, mais on interceptait au moins un avion sur cinq. Une fois la dope planquée sur l'île, Kœnig et les autres rentraient en ville à bord d'un zodiac, et moi je redécollais avec le cadavre du pilote et une dizaine de kilos de coke pour donner le change. Une fois au-dessus de la Floride, je me posais n'importe où, de préférence dans les bayous et je passais un coup de fil anonyme aux stups pour qu'ils localisent l'avion. Ensuite je rentrais à Port-au-Prince en ferry.

— Et impossible pour les narcos d'évaluer leurs pertes réelles, vu que la cargaison était saisie par la DEA, ajouta Mathias.

— C'est exactement ça. Et les stups américains ne se vantent jamais auprès des médias pour des prises aussi minables.

— Bien joué.

— Oui, pendant un temps. Mais les Colombiens ont rapidement eu des soupçons et ils ont demandé des comptes au gouvernement haïtien. C'est là que ça a mal tourné. Les Colombiens ont réclamé des têtes.

— On connaît la suite. Kœnig s'est fait balancer par les trois autres et toute sa famille y est passée.

— Tu es bien renseigné, chef.

— Tu sais comment on peut retrouver les deux derniers Lougawous encore en vie, Kœnig et Dapper ?

— Dapper, aucune idée. Kœnig, c'est peut-être plus facile.

— Facile comment ?

— Trouvez Sixpack, il vous mènera jusqu'à lui.

— Une dernière chose. Connais-tu une jeune femme qui s'appelle Nylah ? Nylah Dévereaux. C'est la petite sœur de Zéphyr.

— Jamais entendu parler.

Hugo sentit qu'il disait la vérité et qu'il n'en dirait pas plus. Il fit signe à Niko de mettre un terme à la conversation, alors que l'ancien pilote-contrebandier collait son nez sur l'objectif de la webcam et leur soufflait au visage un nuage de fumée méprisant.

22

Île de la Gonâve, Haïti
18° 47' 59" N 72° 49' 35" W

Nylah s'adossa contre le tronc carbonisé du flamboyant qui trônait dans la cour de la ferme depuis sa naissance. De loin, on aurait pu croire que les branches de l'arbre brûlé se refermaient sur elle et lui murmuraient à l'oreille des lambeaux de souvenirs acérés. Son regard s'accrocha aux bâtiments en ruine, de la fenêtre de la chambre où elle dormait avec son frère jusqu'à la grange où les Lougawous avaient pendu sa mère.

Elle les revit s'extirper de leur véhicule blindé et s'approcher de la maison le fusil à l'épaule. Janssen fermait la marche en égrenant les perles d'un chapelet entre ses doigts. Nylah était trop petite pour comprendre ce qui se jouait devant ses yeux. Une autre fillette aurait pu se croire dans un film, mais elle n'en avait encore jamais vu. Elle jouait tranquillement avec sa poupée de chiffon quand Janssen s'était accroupi auprès d'elle. « Elle est jolie, ta poupée », lui avait-il dit en souriant.

Les autres soldats étaient déjà dans la maison. Elle entendit les cris de panique de sa mère, les râles étouffés de son père, le bruit mat de la chair que l'on frappe, les hurlements de Zéphyr.

Et Janssen qui lui souriait toujours.

Un des Lougawous était sorti de la grange en brandissant les briques de cocaïne que son père avait cachées sous une poutre, alors qu'un autre poussait ses parents dans la cour à coups de crosse dans le dos. Le dernier soldat avait mis plus de temps à sortir de la maison. Nylah l'entendait crier sur Zéphyr, qui se débattait comme un beau diable et s'accrochait au montant de la porte pour échapper à son sort. C'était le moment qu'avait choisi Janssen pour se relever et lui tendre la main, alors qu'elle sentait des larmes incrédules rouler au coin de ses paupières. Elle avait accepté l'invitation du prêtre, cet ordre calme qui aurait peut-être pu arranger les choses et sauver ses parents. Mais Janssen s'était contenté de l'éloigner du flamboyant et de l'emmener un peu plus loin, comme s'il voulait la placer aux premières loges du spectacle à venir. Nylah serrait sa poupée contre sa poitrine quand elle avait croisé le regard de son frère. Un regard fier et fort, mais perclus de doute. Le garçon savait que c'était perdu d'avance. Deux soldats avaient ligoté son père contre l'arbre, un autre avait fait passer une corde de chanvre par-dessus la poutre de la grange.

Nylah frissonna tout à coup. Un vent glacé lui gifla le visage et la ramena dans la réalité de l'instant.

Elle frictionna ses épaules et chassa le reste de la scène de sa mémoire encore écharpée de douleur.

Marinette était là, devant elle, et l'observait d'un œil inquiet.

— Tu te souviens, c'est ça ? murmura la *mambo*.

La jeune femme esquissa un vague sourire et se frotta les oreilles pour dissiper le bourdonnement de la voix qui martelait à nouveau dans sa tête les trois mêmes mots incompréhensibles. Ces trois mots qu'elle n'entendait qu'en rêve, mais qui aujourd'hui résonnaient en plein jour au pied du flamboyant, sous ce ciel décharné où l'âme de son père s'était évanouie dans une colonne de fumée.

— C'est mon père. Je l'entends. Il essaie de me dire quelque chose.

La sorcière tira une longue bouffée crasse de sa pipe en bois blanc.

— Tu veux dire qu'il te parle en rêve, c'est ça ?

Nylah hocha fébrilement la tête.

— C'est arrivé une fois, en Suisse. Il essaie de me parler, mais je ne comprends pas ce qu'il me dit. Et là c'est encore différent. Je le sens en moi alors que je suis réveillée. Je… Je crois qu'il veut me faire passer un message. Il me répète sans cesse les trois mêmes mots, mais je ne les entends pas.

La *mambo* passa la main sur le visage défait de la jeune femme et ébouriffa sa crête écarlate.

— Allons, allons, 'tite chérie ! Tout ça n'est pas bien grave. On va rentrer chez moi et je vais te préparer une bonne tisane d'hibiscus qui va chasser toutes ces vilaines pensées. Je n'aurais pas dû accepter de te ramener ici. Trop de souvenirs mauvais dans cet endroit.

Nylah opina sans répondre. Elle décolla son dos de l'écorce brûlée de l'arbre et suivit Marinette à distance. Jamais elle ne se retourna vers la ferme de son enfance, mais la voix de son père résonnait toujours dans un coin de sa tête.

23

Quartier de Delmas 32, Port-au-Prince
18° 32' 48" N 72° 18' 24" W

Le vent s'était levé avec le soir. Un vent lourd et furieux aux relents de diesel et de pourriture dont les rafales brûlantes épluchaient les visages. Hugo s'attacha les cheveux et noua un foulard autour de sa bouche. Mathias se retourna vers lui et lui fit signe de le suivre alors qu'ils traversaient péniblement la chaussée balayée par les bourrasques. Le flic l'attrapa par l'épaule.

— On va où ? lui cria-t-il.

Mathias lui désigna du menton un baraquement de bois barbouillé de couleurs criardes. À travers les fenêtres aux carreaux crasseux, quelques hommes visiblement bien éméchés se donnaient du coude en observant, hilares, ces deux pauvres Blancs qui luttaient contre le vent.

— Je te paie un verre le temps que ça se calme. Et surveille ton arme, capitaine.

Hugo s'assura machinalement que le Glock était toujours à sa place au creux de ses reins, puis il traversa la rue.

— Salut, messieurs ! s'écria Mathias en poussant la porte du bar.

Les clients les accueillirent en levant leur verre à la santé de ces nouveaux arrivants, puis ils reprirent leurs discussions comme si de rien n'était. Une jeune métisse s'approcha d'eux et les invita à s'asseoir au fond de la salle surchauffée. Hugo scanna rapidement les lieux. Un bar clandestin aux murs de bois recouverts de drapeaux haïtiens et de slogans à la gloire de l'ancien président Aristide. Il évita d'écraser une poule qui s'était empêtrée dans ses jambes et se laissa tomber sur un banc.

— Putain de vent !

Mathias s'assit en face de lui avec un large sourire.

— C'est la queue d'un ouragan qui frappe la côte ouest de l'île, ils l'ont annoncé ce matin aux infos. On a connu bien pire que ça.

Hugo hocha la tête d'un air grave. Il se souvenait du tremblement de terre qui avait éventré Haïti en 2010 : 200 000 morts, 300 000 blessés et des millions de sans-abri. Une catastrophe humanitaire en forme de malédiction qui avait fait plonger encore un peu plus dans la misère un État déjà exsangue.

— Ça se passe comme ça en Haïti. Tremblements de terre, ouragans, peu importe que ça tombe du ciel ou de la terre.

Hugo jeta un œil vers les clients et désigna du menton les affiches à l'effigie du président déchu.

— Je ne suis là que depuis quelques heures et tu ne m'empêcheras pas de penser que ce pays a d'autres problèmes que le climat.

— Tu as raison. Quand ce n'est pas le climat, c'est la violence et la corruption. Vivre ici, c'est avoir en permanence un goût de sang dans la bouche.

— Je comprends, dit le flic.

— Pas sûr que tu puisses. Tu sais, ça fait déjà pas mal d'années que je vis ici. Avant de bosser dans le privé, j'ai assuré la protection du personnel des Nations unies du temps de la Minustah. Tout ce que je peux dire, c'est que la racine du mal est toujours la même dans ce pays : la corruption. Une corruption endémique à tous les étages du pouvoir : État, justice, police. Quand on a débarqué ici sous la bannière des Nations unies, on s'imaginait entrer en territoire ennemi. On s'est vite rendu compte qu'on était juste une force d'occupation bien utile au gouvernement. Tout ce qu'on a fait, c'est maintenir le pays sous contrôle pendant que les pourris continuaient tranquillement à profiter du système.

— Et, comme d'habitude, c'est le peuple qui trinque.

Mathias se retint d'éclater de rire.

— Le peuple haïtien n'a pas son mot à dire. Quand il y a des élections, c'est l'élite qui contrôle les votes et qui désigne les présidents. J'ai quitté les Nations unies parce que j'en avais marre qu'on fasse semblant de vouloir changer les choses dans un pays où c'est impossible par nature. Tout ce qu'on a fait, c'est donner de faux espoirs à une population qui n'en avait pas besoin. Tout ce qu'on a fait, c'est rajouter des problèmes aux problèmes. Minustah-tourista, c'est comme ça que les gens nous surnommaient à l'époque. Mais ne te méprends pas sur mes propos. Si des types comme Niko et moi traînons en Haïti depuis si longtemps, c'est parce qu'on aime ce pays et les gens qui y vivent.

La jeune serveuse les interrompit d'un coup de torchon passé sur la table et prit leur commande en plongeant ses yeux noisette dans le regard du flic aux longs cheveux gris qui semblait tombé de la Lune. Mathias s'adressa à elle sans qu'elle prenne la peine de se tourner vers lui.

— Une bouteille de Clairin et deux verres, ma 'tite jolie.

La jeune femme hocha la tête et disparut en lançant un clin d'œil complice à Hugo, qui la regarda préparer leur plateau derrière le comptoir.

— C'est quoi, ça, du Clairin ?

— Le rhum du pauvre ! C'est à base de canne à sucre, de *guarapo* et de méthanol. On y ajoute aussi des fruits pourris et des tripes de poulet putréfiées, ça accélère la fermentation. Tu m'en diras des nouvelles ! fit Mathias dans un sourire en débouchant la bouteille que la serveuse venait de leur apporter.

Il leur servit deux rasades du liquide brun et avala son verre d'un trait.

Hugo but à son tour et sentit le feu de l'alcool lui dévorer la langue avant de s'en prendre à sa gorge.

— Bon sang…, lâcha-t-il en toussant bruyamment. C'est du brutal !

Mathias éclata de rire et les resservit.

— À la tienne, capitaine.

Hugo trinqua machinalement tout en observant les clients qui enchaînaient les tournées sans se préoccuper des rafales de vent qui faisaient trembler la bicoque.

— Ce n'est pas par hasard que tu nous as amenés ici, pas vrai ?

— Tu te souviens de ce qu'a dit Boniface ? Pour mettre la main sur Kœnig, il faut d'abord trouver Sixpack.

— Et comment comptes-tu t'y prendre ? Niko n'avait pas l'air spécialement enchanté de nous voir quitter son bureau aussi rapidement tout à l'heure, fit remarquer Hugo.

Un sourire énigmatique se dessina sur les lèvres de Mathias.

— C'est parce qu'il sait parfaitement comment je vais m'y prendre. La seule chose à faire pour trouver Sixpack, c'est de rentrer dans Cité Soleil. Et, pour rentrer dans Cité Soleil, le plus court chemin, c'est de rester assis tranquillement dans ce bar. Tu as toujours le fric que je t'ai donné ?

Hugo lui tendit son sac à dos.

— Parfait ! C'est notre ticket d'entrée.

Mathias se mit à farfouiller à l'intérieur du sac, indifférent aux visages intrigués qui lorgnaient dans leur direction. Il en ressortit une liasse de dollars flambant neufs qu'il brandit au-dessus de sa tête. Tous les clients du bar pivotèrent vers les deux hommes, abasourdis à la vue d'une telle somme.

— Tournée générale ! gueula Mathias sous les hourras des habitués.

Hugo avait profité de la liesse collective pour dégainer discrètement son arme et la cacher entre ses cuisses, un œil rivé sur la serveuse, qui vérifiait à la lumière que les dollars de Mathias n'étaient pas des faux. Les clients retinrent leur souffle un instant et hurlèrent soudain de joie quand la jeune femme leur demanda enfin ce qu'ils voulaient boire.

Les tournées s'enchaînèrent ainsi jusqu'au milieu de la nuit. Hugo et Mathias se contentaient de tremper leurs lèvres dans l'alcool et de se débarrasser ensuite du contenu de leur verre sur le sol de terre battue. La fille derrière le comptoir ne les lâchait pas des yeux et observait leur manège sans rien dire.

Quand enfin elle sonna l'heure de la fermeture, elle fit signe aux deux hommes de rester assis à leur place. Elle avait quelque chose pour eux, quelque chose de plus intéressant que du rhum frelaté. Hugo et Mathias feignirent d'être intéressés et saluèrent de la tête les derniers clients qui passaient la porte et titubaient dans une nuit d'encre encore terrassée par les vents.

La jeune femme referma la porte à clé et se dirigea vers les deux hommes. Son visage enjoué s'assombrit soudain quand elle repassa derrière le comptoir et disparut dans la cuisine. Hugo n'eut pas le temps de sortir son arme de sous la table. Il sentit l'arrière de son crâne exploser alors qu'une ombre devant lui faisait disparaître le visage de Mathias sous un sac de toile.

24

Cité Soleil, Port-au-Prince
18° 34' 44" N 72° 20' 07" W

Une pluie tiède ramena Hugo vers les rives de la conscience. Il cracha ses poumons et aspira une longue bouffée d'oxygène aux relents de merde et d'ammoniaque qui acheva de le réveiller tout à fait. Son dos et ses genoux étaient en feu. Le trou putride dans lequel on l'avait jeté n'était pas assez profond pour qu'il puisse se tenir debout et pas assez large pour qu'il puisse s'asseoir. Il essaya de se tortiller sur lui-même afin de se soulager un peu, mais il ne pouvait pas bouger d'un centimètre.

Il leva le nez en l'air et aperçut un gamin de douze ans à peine qui lui pissait dessus à travers les barreaux de bambou de sa cage verticale.

— Ta chambre te plaît, chef ? lança le môme en refermant sa braguette.

Hugo s'ébroua en pestant. Puis il reprit son calme et désigna le gamin d'un signe du menton.

— Jolies, tes lunettes de soleil.

L'enfant parut un peu surpris, puis il posa une main sur son crâne et éclata de rire.

— Oui ! Merci, chef ! Des Ray-Ban, c'est top. Ton flingue aussi, d'ailleurs. Enfin, mon flingue, maintenant, précisa-t-il en s'emparant du Glock qu'il avait fourré dans son vieux short en jean troué.

Il admira la courbure onyx du canon, qui paraissait gigantesque entre ses mains.

— C'est allemand, ça, non ?

— Autrichien, répondit Hugo. Profites-en bien, petit. Je ne vais pas tarder à le récupérer.

Le gamin s'accroupit au bord du trou.

— Je t'aime bien, toi, lança-t-il en pouffant. Tu ne sais pas ce qui t'attend. Tu es le prisonnier du gang de Sixpack, le pire de Cité Soleil. Moi, c'est Jocko ! Et toi ?

Hugo allait répondre quand il perçut le craquement sinistre d'une porte de bois qui s'ouvrait quelque part au-dessus de sa tête. Deux hommes vinrent se poster au-dessus du flic et le toisèrent d'un air indifférent. L'un des deux hommes brandissait un fusil M14, alors que l'autre s'adressait à Jocko, une machette à la main.

— Ouvre la cage. Sixpack veut le voir.

L'enfant s'exécuta sans broncher et aida Hugo à remonter à la surface. Le Français se hissa le long de la paroi et tenta de se relever quand un coup de crosse furieux le cloua au sol.

— Pas bouger, le Blanc ! aboya l'homme qui venait de le frapper. Et toi, Jocko, arrête de pisser sur la marchandise. C'est la dernière fois que je te le dis !

L'enfant sentit tout à coup la main puissante de Hugo le tirer en arrière. Le flic l'écrasa sans ménagement contre sa poitrine et s'empara du Glock qu'il tenait encore à la main. Il abattit le garde armé d'une balle en pleine tête. L'homme à la machette leur lança un regard interdit avant de se ruer sur eux et de finalement valdinguer à l'autre bout de la pièce, la poitrine déchirée par une balle de 9 mm.

— Je t'avais prévenu que j'allais récupérer mon arme, petit con, souffla Hugo à l'oreille de l'enfant. À présent, on va se relever doucement et tu vas me conduire jusqu'à ce fameux Sixpack… Et rends-moi mes lunettes !

Mathias était sur le point de s'évanouir. À genoux sur le sol, il sentait de fines gouttes de sang s'écouler le long de son visage tuméfié par les coups. Combien de temps avait-il passé dans cette position ? Il ne sentait plus ses bras, écartelés à l'horizontale par deux cordes de chanvre qui entravaient ses poignets et le crucifiaient de douleur dans la posture d'un Christ attendant la délivrance.

Mais la délivrance ne vint pas.

Il leva les yeux et inspecta le hangar de tôle où il était séquestré depuis la nuit précédente. Le sol était jonché de décombres en tout genre : cartons, débris de chantier, outils, sacs-poubelles éventrés. Il reconnut la carcasse calcinée d'un véhicule des Nations unies qui servait désormais de poulailler de fortune. Près de la porte d'entrée, une imposante machine à bois se dessinait dans l'ombre. Les auréoles de sang séché qui maculaient la lame de la scie circulaire ne laissaient planer aucun doute sur l'utilisation de l'engin.

Une voix s'éleva soudain dans son dos. Une voix grave, voilée d'une brume de haine surgie d'un passé dont il ne se souvenait que trop bien.

— Bienvenue dans mon bastion, Mathias Schaeffer. Mes hommes t'ont un peu amoché, à ce que je vois. C'est bien.

Mathias plissa les yeux dans la poussière alcaline en suspension dans l'air. Il aurait voulu relever la tête pour voir le visage qui se cachait derrière cette voix qu'il connaissait, mais son cou était tétanisé par l'effort et la douleur. Il entendit des bruits de pas se rapprocher de lui. Une main ferme enserra son menton et le força à relever la tête.

— Tu savais que ce bar était le QG de mes hommes. Pas vrai, monsieur ONU ?

Mathias essaya de faire le point sur le visage sombre coiffé d'une casquette de rappeur bon marché, traversé par un regard ocre qui transperçait les ténèbres de la pièce. L'homme posa sur sa tempe le canon d'un Smith & Wesson calibre 500 et se mit à lui caresser le visage en faisant courir ses doigts sur les vieilles cicatrices qui lardaient le front de l'ancien Casque bleu.

— C'est quoi, ce flingue ridicule ? Tu comptes chasser le rhinocéros ? lâcha Mathias.

Sixpack détailla les contours de son arme et déposa un baiser sur le canon étincelant.

— C'était une bonne idée d'essayer de t'ouvrir la tête pour voir ce qu'il y avait dedans, soupira-t-il. Dommage que Tobias et Jean-René n'aient pas pu aller jusqu'au bout à l'époque… Mais il n'est jamais trop tard pour bien faire.

Le souvenir furtif des deux Chimères lui découpant le crâne sous les yeux horrifiés d'Esther implosa dans le cerveau de Mathias.

— Tes hommes ont eu ce qu'ils méritaient…, cracha-t-il dans un souffle de sang.

Sixpack éclata d'un rire délirant, ce rire qui était sa signature à l'époque où il était encore un jeune chef de gang à Cité Soleil. Ce rire qui s'était imprimé au fer rouge dans la peau de toutes les victimes qu'il avait laissées derrière lui. Il était le maître incontesté d'une bande de Chimères de la pire espèce, à la solde du président Aristide.

Assoiffés de sang et camés jusqu'aux yeux, les Chimères d'Aristide s'étaient imposés au cœur de la cité à coups de machette et de fusil d'assaut. Et Sixpack riait comme un damné aux exécutions sommaires qu'il ordonnait chaque jour et qui ensanglantaient les ruelles de Cité Soleil. Son rire avait décapité les hommes des gangs rivaux, tranché les mains des commerçants récalcitrants, éventré les murs des bidonvilles à la grenade, pulvérisé la vie de dizaines d'innocents à coups de rafales de M14. Son rire était un cri, une déflagration, le signal inéluctable d'une mort imminente.

Insensible aux destins qu'il brisait, Sixpack avait régné, hilare, en maître d'un monde de terreur et de chaos. Le spectacle de son propre peuple asphyxié par un siècle de misère et de douleurs teintait d'indifférence son regard embué de drogue.

— Je savais bien qu'on finirait par te mettre la main dessus. *Ak pasyans w a wè trip foumi.* La patience. Une bien belle vertu, la patience… Ce qui m'échappe, c'est la raison pour laquelle tu nous as facilité la tâche en te faisant kidnapper avec ce Blanc. C'est qui, lui, au fait ? Un touriste ?

— Un flic français. Il enquête sur la mort de Janssen, le *padre*. Ruben Novak est mort, lui aussi. On pense que quelqu'un veut en finir avec les Lougawous. Si c'est le cas, Kœnig et Dapper sont les prochains sur la liste.

— Et d'où tu sors ça, monsieur ONU ?

— Donatien Boniface, le pilote des Lougawous. C'est lui qui nous a dit que tu savais où trouver Kœnig. Et le seul moyen pour qu'on nous mène jusqu'à toi, c'était de nous faire kidnapper par tes hommes dans ce bar.

Sixpack alluma une cigarette et tourna le dos à Mathias, qui sentit le doute s'instiller dans l'esprit du chef de gang.

— Boniface, Boniface… Il est pas en taule, lui ?

Mathias acquiesça, à bout de forces.

— Je ne vois pas ce que ton flic français vient foutre dans cette histoire.

— Le type qui a tué Janssen et Novak, il a aussi tué son coéquipier à Paris. Il… Il faut qu'on parle à Kœnig.

Le visage de Sixpack se referma soudain. Il vint s'accroupir en face de Mathias et lui souffla sa fumée au visage.

— Qu'est-ce que tu fous ?

Le chef de gang posa son arme sur le sol et sortit un cran d'arrêt de la poche de son baggy.

— Personne ne parlera à Kœnig. Et certainement pas toi, Mathias Schaeffer. Je vais terminer le travail de mes hommes et balancer ton cadavre dans une poubelle.

Mathias vit la lame de Sixpack s'approcher de son front quand une forte odeur d'urine se répandit soudain dans la pièce. Le chef de gang ramassa son flingue, mais il se retourna trop tard. Hugo avait mis toute sa hargne dans le coup de crosse qui venait de s'abattre sur la nuque de l'Haïtien. Le flic empoigna le canon du Smith & Wesson que Sixpack tenait toujours à la main et lui imprima une torsion telle qu'elle arracha un cri de douleur au chef des Chimères. Hugo le fit taire pour de bon d'un coup de tête qui lui éclata la pommette gauche.

— C'est lui, le fameux Sixpack ?

Troisième partie

La nef des fous

18° 47' 59" N 72° 49' 35" W

Je savais depuis le début que c'était une très mauvaise idée. Zéphyr avait pris la vieille torche électrique de son père, dont les faisceaux fatigués éclairaient à peine le chemin. Nous nous sommes faufilés sans un bruit le long de la cabane de Marinette en priant très fort pour qu'elle ne nous surprenne pas, mais la vieille mambo *avait le sommeil lourd et nous nous sommes rapidement retrouvés à courir comme des dératés au beau milieu de la forêt.*

Arrivé au bord de la piste d'atterrissage, Zéphyr a fouillé sous son T-shirt et en a sorti un tournevis qu'il avait caché dans son short. J'étais de plus en plus inquiet. Il s'est précipité jusqu'à la planque des Lougawous et il s'est mis à tirer sur la bâche de toutes ses forces. Je l'aurais bien aidé, mais j'étais mort de trouille.

Je m'apprêtais à le supplier de rentrer à la ferme quand une voix puissante a déchiré la nuit.

— Qu'est-ce que vous trafiquez ici ?

J'étais presque soulagé qu'il nous ait suivis. Zéphyr s'est figé sur place et il a laissé tomber le tournevis sur le sol. Son père s'est approché de lui et lui a collé une gifle monumentale.

— Je ne te le répéterai pas, Zéphyr ! Qu'est-ce que vous faites ici, toi et Lucius ?

L'enfant s'est redressé sur les genoux et il s'est pris le visage dans les mains. La blessure à la joue que lui avait infligée Novak était à peine refermée. Il s'est mis à pleurer à chaudes larmes en bredouillant un début d'explication. Son père l'a écouté sans broncher, statue d'ébène éclairée par la lune, puis il l'a aidé à se relever et s'est emparé du tournevis en maugréant :

— On va regarder ce qu'il y a sous cette trappe.

Il a fait sauter le cadenas d'un coup sec et a dirigé la lampe vers le trou béant creusé dans le sol. Il a remonté une des caisses au hasard et l'a ouverte sous nos yeux. J'étais aussi impatient que Zéphyr de savoir ce que contenaient ces caisses. Nous nous étions imaginé toutes sortes de choses. Des pièces d'or ? Des lingots ? Un trésor de pirates ? Peut-être même de vieilles bouteilles de rhum que le père de Zéphyr pourrait revendre au marché de Fer.

Mais rien de tout ça. J'ai senti un vent de déception crisper le visage de Zéphyr alors que son père brandissait sous son nez une brique rectangulaire de la largeur d'une main. L'enfant s'est mis à taper du pied sur le sol en pestant.

— C'est pas avec des briques en plâtre qu'on va réparer le toit !

Le père a percé un trou dans le film plastique qui enveloppait l'objet. Il l'a approché de ses narines et il a reniflé l'effluve puissant qui embaumait la nuit. Il a souri de toutes ses dents.

— Ça, c'est pas du plâtre, fils. Et, avec une seule de ces briques, on peut acheter dix maisons comme la nôtre !

25

Presqu'île du Môle, Haïti
19° 47' 17" N 73° 22' 13" W

Peter Kœnig passait le plus clair de son temps l'oreille collée au mur de sa cabine. Chaque fois que des images de sa femme et de son fils le réveillaient en sursaut, il s'asseyait sur le bord de son lit et tâtonnait dans l'obscurité jusqu'à ce que ses doigts effleurent la paroi métallique de la coque contre laquelle il appuyait sa joue. Il se laissait alors bercer par le rythme lancinant du ressac qui frappait sans discontinuer aux portes de son royaume de rouille et de sable.

Ce royaume sur lequel il régnait sans partage depuis qu'il avait fui Port-au-Prince, douze ans auparavant.

C'était la nuit.

Une nuit qui défilait encore intacte derrière ses rétines mortes.

Et puis ce visage tout contre le sien.

Ce visage noir qui lui souriait de toutes ses dents.

Et puis ces dents qui arrachaient d'un coup sec la goupille d'une grenade à main.

Kœnig n'avait pas eu le temps de réagir. Le blast de la déflagration l'avait propulsé deux mètres en arrière et l'avait encastré dans le mur de la chambre dans un déluge de plâtre pulvérisé.

Son principal lieutenant, Sixpack, s'était rué dans la pièce en hurlant, un fusil à la main. Kœnig ne l'entendait plus, perdu dans un océan confus où se mêlaient les cris et l'odeur de la poudre, par-delà le rideau de sang lui voilant les yeux.

Le jeune Chimère avait tenté de le maîtriser pour qu'il ne se frotte pas le visage.

— Putain, chef, arrête de bouger ! avait braillé Sixpack.

Mais l'Allemand n'était plus maître de rien. Tout son corps hurlait de douleur.

Sixpack avait brandi son arme au-dessus de sa tête et l'avait assommé d'un coup de crosse avant de faire signe à ses hommes de le sortir de la chambre. Il fallait fuir cette baraque, fuir Port-au-Prince. Et fissa.

Ils avaient déposé la carcasse inanimée de Kœnig dans le coffre de leur 504 break et avaient quitté les faubourgs de la ville direction n'importe où, et surtout le plus loin possible des flics.

Sixpack fulminait derrière le volant. Il n'avait jamais regretté d'avoir aidé Kœnig à éliminer les assassins de sa famille, mais là c'était un officier pourri de la PNH qui venait de se faire sauter la tête en essayant d'entraîner l'Allemand avec lui.

C'en était trop, même pour un chef de gang de dix-sept ans comme Sixpack. Il avait hésité un instant à s'arrêter sur le bord de la route 9 pour balancer le corps de l'Allemand sur le trottoir, mais il s'était ravisé et fonçait pied au plancher vers le nord de l'île. Lui aussi devait se mettre à l'abri.

Sixpack avait garé la vieille Peugeot au sommet de la dune et s'était dirigé vers la plage, une paire de jumelles à la main.

L'aube pointait déjà sur les rives de Port-de-Paix et laissait deviner au loin les contours embrumés de l'île de la Tortue. Il avait fait un rapide panoramique de la plage qui s'étendait à perte de vue devant lui, avant de faire le point sur la forme gigantesque qu'il avait aperçue depuis la route.

L'endroit était parfait. Une forteresse imprenable où ils pourraient se faire oublier de la police pendant quelque temps.

Il avait rejoint ses hommes qui s'étiraient mollement auprès de la voiture dans le soleil naissant.

— Sortez-le du coffre. Je sais où on va se planquer.

Kœnig s'était laissé faire en gémissant, alors que les hommes de Sixpack le déposaient sur le sable. Sixpack s'était agenouillé près de lui et avait vérifié le bandage sanguinolent qui lui couvrait les yeux, puis il avait fait signe à ses hommes de le transporter jusqu'au sommet de la dune.

Ils s'étaient arrêtés un instant pour admirer l'épave du pétrolier abandonné s'étirant sur le sable comme un Léviathan de métal rouillé.

— On va le déposer là-dedans. Calixte, une fois que ce sera fait, tu reprends la voiture avec Germain et Jean-Vincent et vous fouillez les alentours. Trouvez un village, n'importe quoi. Il lui faut des médicaments et de quoi nettoyer ses plaies. Ramenez aussi de la bouffe et de l'eau pour quelques jours.

Le jeune Calixte avait écarquillé les yeux.

— Tu veux dire qu'on va rester ici, chef ?

Sixpack s'était figé, le regard fixé sur l'étrave du vaisseau fantôme.

— C'est l'affaire de quelques jours. On se planque dans le bateau et on attend qu'il se remette sur pied. Ensuite, on rentre à Port-au-Prince.

Germain s'était interposé à son tour.

— Mais y a que dalle ici !

Le chef de gang avait planté son regard ocre dans celui de Germain.

— Il faut que je te rappelle le nom du cadavre sans tête qu'on a laissé derrière nous cette nuit ? *Augustin Barthélemy.* Un putain de commissaire divisionnaire de la PNH ! Tu sais ce que ça veut dire ? Même si cet enfoiré était à la solde d'Aristide, ça reste un flic. Et ils vont tous nous tomber dessus si on rentre maintenant.

Sixpack avait raison. Mieux valait se faire oublier quelque temps.

— On peut peut-être faire un deal avec les flics ? On leur refile l'Allemand et ils nous foutent la paix ? avait proposé Jean-Vincent.

Sixpack lui avait répondu en faisant claquer la culasse de son fusil d'assaut.

— Moi vivant, personne n'abandonnera Kœnig.

Les hommes s'étaient tus, bien trop impressionnés par leur chef. Ils avaient déposé l'Allemand sur le sable et s'étaient faufilés dans la structure métallique à la recherche d'un coin sec et à l'abri du vent.

— Y a du boulot pour retaper quelque chose là-dedans, avait geint Calixte, qui se suspendait par un bras à une poutre rongée par la rouille. Il est complètement pourri, ce bateau.

Sixpack lui avait lancé un regard agacé.

— Montez Kœnig ici et retournez à la voiture. Il doit bien y avoir un village de pêcheurs dans le coin.

— Ça va pas être simple, avait de nouveau objecté le jeune Chimère. S'ils refusent de nous donner des vivres ou des médocs, on fait quoi ? On les tue ?

— Pas mon problème. Soyez persuasifs.

Sixpack avait suivi ses hommes des yeux, jusqu'à ce que leurs silhouettes disparaissent au bout de la plage comme des flammèches dans la fournaise.

Ils étaient réapparus deux jours plus tard. Sixpack s'était rué sur le pont de l'épave dès qu'il avait entendu les premières rafales de M14 retentir à travers la coque depuis l'autre bout de la plage. Il avait distingué la silhouette de Calixte, son second, assis sur le capot d'un vieux tracteur, un fusil à la main. Une dizaine d'hommes enchaînés à la boule d'attelage de l'engin complétaient le cortège. Le chef de gang était descendu de son perchoir et les avait accueillis à la proue du vaisseau fantôme.

— Bien joué, les gars !

Du haut de sa monture en ferraille, Calixte lui désignait les prisonniers morts de fatigue qui se laissaient tomber sur le sable.

— On les a trouvés dans un village à une dizaine de kilomètres d'ici. Y a un bûcheron et un maçon parmi eux. On a aussi rapporté des outils et des planches.

Une lueur de fierté avait embrasé le regard de Sixpack.

— Parfait. Emmenez-les dans la cale et donnez-leur à manger. Ils commenceront à travailler demain. Et détachez-les, ils ne sont pas nos prisonniers.

Le plan qu'avait mis au point Sixpack était simple et les villageois ne s'étaient pas fait prier pour l'accepter : deux mille gourdes pour chaque journée de travail à bord. Les hommes se tuaient à la tâche le sourire aux lèvres, la paie était inespérée. Certains trouvaient le courage de regagner leur village en fin de journée, mais ils furent bientôt de plus en plus nombreux à passer la nuit sur place afin de gagner du temps pour le lendemain. Les travaux avaient rapidement progressé et les couloirs de la carcasse s'étaient transformés en une dizaine de cabines rudimentaires presque confortables.

Sixpack et ses hommes avaient supervisé les travaux pendant les trois premiers mois. Kœnig, lui, passait le plus clair de son temps enfermé dans sa cabine, hermétique à tout ce qui l'entourait. Ses yeux s'étaient définitivement fermés sur un monde qui ne l'intéressait plus. Il avait pris l'habitude de sortir de sa cabine à la nuit tombée et de s'installer sur une chaise au pied de l'épave. Les villageois se massaient autour de lui pour l'écouter déclamer des psaumes abscons, cousus de mots qu'ils ne comprenaient pas mais qui les fascinaient.

Sixpack, lui, avait compris depuis plusieurs semaines que la déflagration de la grenade n'avait pas emporté que les yeux de l'Allemand. Elle lui avait également fait perdre la raison. Il avait attendu la fin des travaux avant de se présenter devant la cabine de l'ancien chef des Lougawous.

Kœnig ne s'était pas rasé depuis leur arrivée. La moitié de son visage était mangé par une barbe rousse et épaisse. Ses cheveux et ses sourcils avaient disparu, soigneusement rasés par la lame crantée du couteau tactique dont il ne se séparait jamais.

Sixpack s'était approché de lui en toussant discrètement. La voix rocailleuse de l'Allemand s'était élevée dans la pièce.

— Tu rentres à Port-au-Prince. Pas vrai ?

Le chef de gang avait esquissé une moue gênée. Kœnig ne pouvait pas la voir, mais il l'avait ressentie.

— Désolé, chef, avait soupiré Sixpack. Les travaux sont terminés et mes hommes commencent à s'ennuyer ferme ici.

Mes informateurs à Cité Soleil m'ont prévenu qu'on pouvait rentrer et reprendre le business. Et puis les villageois t'aiment bien. Certains sont installés ici pour de bon. Ils s'occuperont de toi.

Kœnig avait tourné son visage vers le hublot de la cabine et laissé courir sur son front les derniers rayons du soleil du soir qui se brisaient dans l'eau.

— *Je regardai quand l'Agneau ouvrit le sixième sceau, et il y eut un grand tremblement de terre. Le soleil devint noir comme un sac de crin, la lune entière devint comme du sang, et les étoiles du ciel tombèrent sur la terre, comme les figues vertes d'un figuier secoué par un vent violent.*

Sixpack l'avait laissé terminer le psaume en hochant la tête de dépit, puis il était sorti de la cabine à reculons, l'index crispé sur la queue de détente de son fusil d'assaut.

26

Cité Soleil, Port-au-Prince
18° 34' 44'' N 72° 20' 07'' W

— Jamais vous ne sortirez vivants de Cité Soleil.

Ligoté au pied de la machine à bois, Sixpack toisait d'un œil furibard le flic qui l'avait assommé quelques minutes plus tôt. Hugo se tenait sur une chaise et braquait le canon de son Glock sur la tête de Jocko, assis en tailleur à ses pieds. L'enfant ne bronchait pas, les yeux rivés sur Sixpack.

— Ne t'inquiète pas, petit. Ces deux clowns sont déjà morts.

Hugo alluma une cigarette et souffla sa fumée vers le plafond de l'atelier.

— Je te trouve bien sûr de toi pour un caïd qui s'est fait coincer tout seul au beau milieu de son propre territoire. Deux gardes du corps et un gamin, c'est un peu léger.

Sixpack lui lança un sourire carnassier.

— Les caoutchoucs vont bientôt brûler en ville, pauvre touriste. Le grand *Rara* commence aujourd'hui.

— C'est quoi cette histoire de *Rara* ?

— La guerre entre les gangs pour le contrôle des quartiers, lui répondit Mathias, qui se massait les cartilages du nez en grimaçant. Mais, justement, tu ne devrais pas être auprès de tes hommes, grand chef ?

— J'étais censé m'occuper de vous avant qu'on prenne la route pour Martissant. Ils ne vont pas tarder à venir me chercher. Ne t'inquiète pas pour ça.

Hugo se leva de sa chaise et se mit à fouiller parmi les décombres dans le fond de la pièce.

— Tu cherches quoi ? demanda Mathias en ramassant le Smith & Wesson de Sixpack.

Le flic extirpa son sac à dos d'un tas de carton. Il le retourna dans tous les sens avant de le balancer au sol d'un geste furieux. Il se dirigea vers Jocko et pointa le canon de son arme sur le front de l'enfant.

— Il y avait une poupée dans mon sac. Je sais que c'est toi qui l'as volée.

Le gamin lui lança un regard effrayé et sortit timidement la poupée vaudoue de la poche arrière de son short.

— Tu crois à la magie noire, toi, maintenant ? fit Mathias en ricanant.

— Cette poupée appartient à Nylah Dévereaux. Je ne sais pas pourquoi, mais elle a un lien avec toute cette histoire, je le sens.

— Si tu le dis, répliqua l'ancien Casque bleu. Pour l'instant, on doit se tirer d'ici. Si Sixpack dit vrai, ses hommes ne vont pas tarder à rappliquer.

— D'abord Kœnig, martela Hugo en se retournant vers le chef de gang. Où est-il en ce moment ?

— *Gett manman ou !* rugit l'Haïtien.

Hugo se retourna vers Mathias, qui haussa les épaules.

— Nique ta mère… en créole.

Hugo ferma les yeux et prit une profonde inspiration. C'en était trop pour le flic, ses nerfs bouillaient sous sa peau. Il arracha la ceinture de son pantalon, l'entortilla autour du cou de Sixpack, puis il tira vers lui de toutes ses forces. Le Chimère émit un couinement incontrôlé quand il sentit ses poumons se vider sous l'effet de la traction.

— Détache-le, ordonna-t-il à Mathias. On va l'installer sur la machine à bois.

Les deux hommes allongèrent le Chimère sur le ventre et le ficelèrent solidement au plan de travail. Sixpack, lui, n'en finissait plus de gueuler des insultes en créole.

— Il dit quoi, là ? demanda Hugo.

Mathias éclata de rire en s'approchant de la commande de démarrage de la scie.

— Tu ne veux pas le savoir. Prêt ?

Le flic colla son front contre celui de l'Haïtien et le regarda droit dans les yeux.

— Fais tourner cette scie, qu'on en finisse.

Une fréquence assourdissante déchira le silence. Le rugissement acéré d'une lame crantée au carbure qui n'avait jamais eu qu'un seul et unique usage : la découpe rectiligne.

Mathias se mit à pousser lentement la scie hurlante vers le visage de Sixpack, alors que Hugo lui hurlait à l'oreille :

— Kœnig ! Où est Kœnig ?

L'Haïtien lui lança un regard hébété. Ses yeux semblaient sortir de leurs orbites quand il se mit à hurler à son tour.

— OK ! Arrêtez cette putain de machine. Je sais où il se cache !

Hugo fit un signe de tête à Mathias, qui appuya sur l'interrupteur et attendit tranquillement que la rotation stridente de la lame termine sa course.

— Pardon, tu disais ? fit-il, moqueur.

Sixpack sentit sa mâchoire se détendre d'un coup. Il se racla la gorge et cracha un glaviot tremblant aux pieds de Hugo.

— Il vit quelque part au nord-ouest dans un…

Le Chimère s'arrêta net, interrompu par le bruit de chute d'un petit objet qui venait de tomber sur le sol. Un petit objet qu'on venait de lancer depuis la rue à travers un des trous béants qui étoilaient la toiture de l'atelier.

Mathias observa la grenade qui roula à ses pieds et vint finir sa course entre ses rangers.

— Fumigènes ! On se tire d'ici !

Hugo recula jusqu'au fond de la pièce alors qu'un épais nuage de fumée âcre empuantissait tout l'espace. Il se pinça les narines et tâtonna à l'aveugle à la recherche de Jocko.

Une voix distordue se mit à gueuler depuis la rue à travers un mégaphone.

— On sait que vous êtes là-dedans. On vient récupérer Sixpack. On vient récupérer notre chef !

Le flic mit enfin la main sur l'enfant, qui s'était blotti derrière un tas de cartons.

— Accroche-toi à moi et ferme bien les yeux. Et surtout tu ne me lâches pas. Compris ?

— Oui, répondit timidement Jocko, dont la petite silhouette nimbée de fumée se découpait dans la lumière en ombre chinoise.

L'enfant s'empara de la cuisse de Hugo et la serra contre lui de toutes ses forces. Le flic lui fourragea les cheveux pour le rassurer, puis il dégaina son Glock et le braqua sur la porte d'entrée. Ses yeux étaient embués de larmes acides et il se mit à tousser comme un dératé. Mathias les rejoignit et se colla contre l'épaule de Hugo.

— S'ils essaient de rentrer en force, on tire dans le tas.

Ils restèrent immobiles pendant quelques secondes avant qu'une nouvelle détonation n'emporte pour de bon la serrure de la porte de l'atelier.

Quatre Chimères armés de fusils d'assaut s'engouffrèrent dans la pièce. Mathias saisit l'énorme Smith & Wesson de Sixpack et arma le chien, alors qu'une rafale d'AK-47 étoilait le mur de postillons de plomb à quelques centimètres au-dessus de sa tête. L'ancien Casque bleu tira à son tour, mais la puissance du recul le fit basculer en arrière et sa balle se perdit à travers le plafond. Il saisit alors le calibre à deux mains et vida ses dernières cartouches en direction des Chimères. L'un des deux hommes lâcha une dernière salve avant de tomber à genoux, le visage oblitéré par une ogive de 500 Magnum.

Hugo poussa l'enfant sous la machine à bois et se planqua derrière le corps de Sixpack, qui venait d'encaisser la rafale accidentelle et gisait sans vie sur le plan de travail. Il bloqua sa respiration et s'accroupit sur le sol, le bras tendu vers ce qu'il restait de la porte d'entrée. Il ferma l'œil gauche et abattit encore deux Chimères avant que son arme percute à vide. Il se plaqua à nouveau derrière la machine alors que trois autres tueurs prenaient le relais et se ruaient dans l'atelier. Il hurla le nom de Mathias. Pas de réponse.

Il jeta un dernier regard à l'enfant, qui s'était blotti sous la machine et l'observait en sanglotant. Il aurait voulu le rassurer, lui jurer qu'il ne lui arriverait rien. Il ne put que lui adresser un maigre sourire et bloqua sa respiration en attendant la balle qui allait mettre un terme à son enquête haïtienne.

Mais rien ne se passa.

Le temps se figea autour de lui dans un silence lourd, ponctué d'étranges plop étouffés. Quand il se décida finalement à se relever dans les dernières volutes de fumigènes qui serpentaient dans l'air, il découvrit le corps sans vie des trois Chimères allongés sur le sol et baignant dans une mare de sang.

Il se tourna vers l'entrée et distingua dans l'embrasure la silhouette imposante d'un homme qui lui souriait, un cigare vissé aux lèvres et un AR15 à modérateur de son solidement calé contre l'épaule. Niko Madsen. La scène ne dura qu'une poignée de secondes avant qu'une dizaine d'officiers de la PNH ne fassent irruption dans le hangar et s'assurent que les Chimères avaient bien eu leur compte. Hugo chercha Mathias du regard. L'ancien Casque bleu se tenait assis contre l'épave du véhicule de l'ONU transformé en poulailler. Sa chemise hawaïenne était étoilée de sang au niveau de l'épaule. Il leva la main vers le flic pour lui faire comprendre que sa blessure était superficielle.

Niko donna des ordres, et Mathias fut immédiatement transporté dans le fourgon blindé qui les attendait à l'extérieur. Il s'approcha de Hugo et désigna l'enfant d'un geste du menton.

— C'est qui, lui ?

— Un gamin des rues. Inutile de l'embarquer, il n'y est pour rien.

L'enfant se redressa d'un bond et brava les deux hommes d'un coup de menton.

— Je ne suis pas un gamin, je suis un soldat. J'aurais pu tous vous tuer si j'avais voulu !

Niko arqua un sourcil interloqué.

— Tu m'en diras tant, petit.

L'enfant baissa les yeux et se mit à chuchoter :

— Si vous ne m'arrêtez pas, ils vont croire que j'ai balancé Sixpack.

Niko se contenta d'un hochement de tête silencieux et fit signe à un de ses hommes d'embarquer Jocko. Hugo suivit le flic à l'extérieur et se protégea les yeux du soleil de midi. Quatre fourgons blindés de la PNH sécurisaient la zone. À genoux, les mains sur la tête, une dizaine d'hommes du gang de Sixpack patientaient en enfilade le long du bâtiment.

— Comment nous as-tu retrouvés ? demanda Hugo.

— On parlera de tout ça à mon bureau. Monte dans le fourgon blindé le temps qu'on embarque tout ce petit monde. Si on reste ici cinq minutes de plus, leurs potes vont rappliquer des quatre coins de Cité Soleil. Et, à vingt contre un, ce sera plus compliqué.

27

Île de la Gonâve, Haïti
18° 47' 59" N 72° 49' 35" W

Nylah se balançait, pensive, sur la chaise à bascule de la vieille *mambo*. Elle devina une ombre dissimulée au milieu des herbes hautes.

Elle se redressa et soutint le regard pers qui la fixait depuis la lisière de la forêt. Le félin l'observait calmement, comme s'il l'invitait à le suivre. Jamais encore elle n'avait vu un animal aussi âgé. Son pelage blanc était parsemé de zones de chair rose où les poils ne poussaient plus. Ses oreilles étaient fendues de toutes parts et ses moustaches avaient disparu. Il se fendit d'un long bâillement édenté et s'en retourna dans les bois.

La voix grave de Marinette résonna depuis la cuisine.

— À table, 'tite chérie ! Je nous ai préparé du poulet aux noix de cajou. Tu m'en diras des nouvelles.

Nylah vint s'asseoir à table et huma son assiette en fermant les yeux.

— Un bon petit plat, voilà ce qui va te rendre le sourire ! lança la *mambo* en souriant.

— Des nouvelles de Zéphyr ? demanda-t-elle d'un ton presque triste, comme si elle ne souhaitait pas entendre la réponse de Marinette.

— Il ne devrait plus tarder. Nous serons bientôt réunis, mais pour quelques heures seulement, hélas.

Nylah leva le nez de son assiette.

— Comment ça, quelques heures ?

Marinette se leva de sa chaise et commença à bourrer sa pipe de tabac gris.

— Je t'ai dit que je savais où trouver Peter Kœnig. Il vit dans un pétrolier abandonné au nord-ouest de l'île. Quand Zéphyr sera là, vous partirez tous les deux dans un bateau à moteur qui vous attend sur une plage à quelques kilomètres d'ici.

Nylah sentit son estomac se retourner. Il allait encore falloir tuer, poursuivre cette vengeance qui lui semblait de plus en plus vaine. Elle repoussa son assiette et se dirigea vers le balcon.

La vieille *mambo* murmura dans son dos :

— Tout sera bientôt fini, 'tite chérie.

La jeune femme sortit de la maison sans un mot et se dirigea vers la forêt. Elle avait besoin du calme de la nature pour faire le point. Elle fit quelques centaines de mètres à travers la végétation et s'allongea dans l'herbe. Elle repensa un instant à Hugo Pétrie et décida de le chasser pour de bon de sa mémoire. Le flic ne viendrait pas la sauver. Personne ne viendrait plus la sauver.

Une légère brise venue de la mer lui révéla les bruissements d'une présence familière qui s'approchait dans son dos. La jeune femme se redressa sur un coude sans même se retourner.

— Tu es là depuis longtemps ?

Zéphyr posa une main douce sur l'épaule de Nylah, qui sursauta malgré elle en sentant le gant de cuir noir se refermer sur sa peau.

— Je suis arrivé cette nuit. J'ai dormi dans notre ferme, je ne voulais pas vous réveiller. Je ne suis pas le monstre que tu crois, petite sœur.

Nylah se retourna vers le masque de mort et lui accorda un maigre sourire.

— Je ne crois rien, Zéphyr, même si je ne comprends toujours pas pourquoi tu as tué ce jeune policier sur ce toit à Montreuil. Il ne méritait pas ça, il n'avait rien à voir avec le meurtre de nos parents.

— Ces flics auraient pu tout faire capoter. Tu n'aurais pas dû m'empêcher de me débarrasser de l'autre.

— J'ai passé ma vie à détester le père Janssen et à vouloir sa mort. J'accepte de te suivre et d'en finir avec les Lougawous, mais tu dois me promettre que tu ne t'en prendras plus à des innocents.

Nylah sentit la respiration de son frère se faire plus rauque sous le tissu du masque. Son agacement était palpable.

— Des innocents ? Personne n'est innocent. Mais s'il n'y a que ça pour te faire plaisir… Moi aussi, je veux en finir. Je sais que c'est de plus en plus compliqué pour toi, mais tu seras bientôt libre de faire ce que tu veux de ta vie.

Nylah se releva et aperçut la silhouette malingre de la sorcière vaudoue se frayer un chemin en pestant à travers la végétation. Son visage était fermé, crispé de panique. Le souffle court, elle s'approcha de Nylah et s'appuya sur son bras.

— Un homme approche sur le chemin. Il se dirige vers la maison. Un Blanc barbu aux longs cheveux gris.

Hugo Pétrie.

Nylah se planta devant Zéphyr et le toisa d'un air de défi.

— N'oublie pas que tu viens de me faire une promesse, murmura-t-elle sur un ton de menace à peine voilée.

28

Port-au-Prince, Haïti
18° 34' 44" N 72° 17' 04" W

Hugo sentit tous les pores de sa peau se contracter au contact du jet d'eau glacé de la douche de l'hôtel. Il fallait qu'il se réveille. Il fallait qu'il se recentre sur son enquête. Sixpack était mort, et avec lui ses maigres espoirs de mettre la main sur Kœnig. Il sortit de la douche et s'allongea sur le lit sans même prendre la peine de se sécher. Le bilan des dernières vingt-quatre heures était loin d'être satisfaisant. Peter Kœnig était la clé, la seule piste qui lui aurait permis de remonter jusqu'à l'assassin de Stan et de retrouver Nylah. Sixpack hors jeu, les chances de coincer l'Allemand étaient quasi nulles.

Restait le dernier Loup-Garou : Max Dapper. Les mots de Mathias au sujet du médecin néerlandais étaient encore imprimés dans la tête du flic.

« Lui, c'est un fantôme. Il a disparu des radars en 2008. Aucune trace de son existence dans les registres des Nations unies. »

La femme de chambre toqua à la porte et le sortit de ses pensées.

— La police est en bas, ils vous attendent, brailla-t-elle à travers la porte.

Hugo s'habilla à la hâte et dévala les escaliers à la rencontre des deux flics de la PNH qui étaient venus le chercher. Il était temps d'avoir une sérieuse discussion avec Niko Madsen.

Le chef de l'ULCS reposa le téléphone sur son socle.

— C'était l'hôpital. Mathias s'est pris une balle dans l'épaule, il s'en sort avec une clavicule cassée. Il devrait sortir en fin de journée.

Hugo souffla sur son café brûlant et adressa un clin d'œil à Jocko, qui sirotait un Coca, affalé dans le fauteuil de sieste de Madsen.

— Comment nous as-tu retrouvés à Cité Soleil ?

— Tu te souviens que Mathias t'a fait remettre un téléphone portable à ton arrivée à l'aéroport ? Il était équipé d'un traceur. Nous suivons tes moindres faits et gestes depuis que tu as posé le pied à Port-au-Prince.

Hugo hocha la tête en soupirant.

— Je vois. Vous vous êtes servis de mon enquête pour débusquer Sixpack, c'est ça ?

— Ça fait des mois qu'on cherche à le faire tomber. Quand Mathias est venu me trouver au sujet de ton histoire de tueur vaudou, j'ai commencé à creuser. Et, quand le nom de Kœnig a refait surface, j'y ai vu une opportunité de choper son ancien lieutenant. C'est pour ça que Mathias t'a entraîné dans ce bar et qu'il a prononcé à voix haute le nom de Kœnig. Nous savions qu'ils allaient vous kidnapper pour vous interroger.

— On aurait pu se faire descendre, sur ce coup-là, tu en es conscient ?

— Pas de panique. Vous étiez surveillés par deux de mes meilleurs snipers, postés dans une baraque en face. Vous n'avez jamais été en danger. Mes hommes seraient intervenus, sans compter que Mathias est un pro. Bref, on a fait le pari que vous alliez attirer l'attention, et c'est exactement ce qui s'est passé. De quoi tu te plains ? On a fait d'une pierre deux coups, non ?

— Un seul coup. Sixpack a juste eu le temps de me dire que Kœnig se planque dans le nord-ouest du pays. Plutôt maigre, comme info.

— Je comprends. Désolé pour ça. Si je peux t'aider en quoi que ce soit, n'hésite pas.

— La piste Kœnig est froide, pesta Hugo. Tout ce qu'il me reste, c'est le dernier membre des Lougawous, ce toubib néerlandais qui s'est évanoui dans la nature en 2008. Max Dapper.

Niko ne répondit pas. Lui aussi était à court d'idées. Hugo reposa sa tasse sur le bureau et alluma une cigarette. Il se repassa tous les événements qui s'étaient produits depuis son arrivée à Port-au-Prince. Il était forcément passé à côté de quelque chose. Quelque chose de simple et d'évident qu'il n'avait pas vu et qui était juste là, sous son nez.

Il se figea soudain, puis écrasa nerveusement sa cigarette dans le cendrier.

— Tu as gardé une trace de la visioconférence avec Donatien Boniface ?

— Bien sûr. Je l'ai là, dans mon ordinateur. Tu penses à quoi ?

— Je ne sais pas encore. Tu peux me la repasser ?

Niko se leva de sa chaise et invita Hugo à prendre place derrière son bureau. Il cliqua sur le fichier vidéo et le pilote des Lougawous réapparut à l'écran. Hugo visionna la discussion sans un mot, quand soudain son index écrasa la touche espace du clavier.

— Cette histoire de famille massacrée sur l'île de la Gonâve.

Niko fit la grimace.

— Peu probable que ça nous mène quelque part, mais…

— … ça se tente, déclara Hugo. Tu connais du monde sur cette île ?

— Personne, désolé.

Hugo se rencogna dans le fauteuil. Encore un début de piste qui s'annonçait compliqué.

— Moi, si.

Les deux hommes se retournèrent vers Jocko, qui sifflait le reste de son soda en mâchouillant sa paille en plastique. L'enfant leur lança un regard incrédule.

— Ben quoi ? Mon grand-père vit à Boucan Risqué, c'est un village de pêcheurs pas très loin d'Anse-à-Galets. Big John, qu'il s'appelle. Enfin, s'il est toujours en vie.

Le *Vierge Caridad* était une pétaudière flottante. Hugo s'assura que Jocko était sur ses talons et ils se faufilèrent jusqu'au pont supérieur du ferry en se frayant un chemin parmi les passagers qui s'entassaient les uns sur les autres dans la cabine surchauffée. Le flic ne put réprimer une grimace ulcérée en passant devant le panneau qui annonçait un nombre maximum de 135 passagers à bord. À vue de nez, plus de 200 personnes avaient embarqué sur l'épave qui assurait la liaison maritime entre Port-au-Prince et l'île de la Gonâve.

Parvenus à l'étage, ils se calèrent contre le bastingage et admirèrent les contours de la ville qui s'éloignaient d'eux à reculons. Une voix de micro saturée résonna dans leur dos. Une heure quinze de traversée, ils seraient à destination en fin de matinée. Assis au beau milieu de la foule, un homme trompait l'ennui en jouant d'une guitare imaginaire et en chantant dans un yaourt approximatif un vieux titre de Johnny Cash.

Hugo se baissa vers Jocko, qui tapait dans ses mains.

— Tu ne l'as pas revu depuis quand, ton grand-père ?

L'enfant posa un index sur ses lèvres et se mit à réfléchir.

— Je sais plus. Cinq ans, peut-être ? Il s'est embrouillé avec mes parents quand ils ont voulu quitter l'île pour aller vivre à Martissant.

— Et tes parents, ils sont où ?

Jocko leva les yeux au ciel.

— Mon père est mort quelques mois après qu'on s'est installés. Il a fait partie d'un gang pendant quelque temps, mais il était pas très doué. Mieux vaut savoir se servir d'un flingue, quand t'es dans un gang. Et, mon père, il savait à peine se servir d'une canne à pêche. C'est comme ça qu'on l'a retrouvé un matin dans un container à poubelles.

Le gamin redressa le menton avec fierté.

— Moi, ça m'arrivera pas. Je sais me servir d'un flingue !

Hugo ne releva pas, laissant l'enfant à ses délires de caïd en herbe.

— Et ta mère ?

Jocko haussa les épaules.

— Qu'est-ce que j'en sais, moi ? Elle nous a laissés tomber dès qu'on est arrivés à Port-au-Prince.

Le flic détourna le regard vers les côtes de l'île de la Gonâve qui se profilaient au loin, préférant s'emplir les poumons de l'air du large qui avait enfin balayé les odeurs putrides des faubourgs de la ville.

Ils débarquèrent enfin sur le port d'Anse-à-Galets et jouèrent des coudes dans le joyeux bordel qui animait les quais. Jocko attrapa Hugo par la manche et lui désigna un homme qui patientait près d'une vieille moto.

— Sors tes billets, le Français. C'est une moto taxi, il va nous emmener jusque chez mon grand-père.

Hugo se laissa faire. Il paya l'homme, qui les invita à monter à l'arrière de sa pétoire.

— On va tenir à trois là-dessus ? hasarda le flic alors que Jocko lui enserrait déjà les côtes.

Le chauffeur éclata de rire et démarra pleins gaz dans un nuage de fumée noire sans se soucier des autres véhicules ou de la foule qui grouillait sur le quai.

Le motard les déposa au bord d'une petite crique de Boucan Risqué sur laquelle s'élevait une antique cabane de pêcheur en bois clissé. Hugo descendit de la moto et mit ses mains en visière. Une silhouette immense immergée jusqu'au torse lançait un filet vers l'océan d'un geste ample et précis. Hugo eut beau compiler tous ses souvenirs, recenser tous les gabarits possibles des êtres humains qu'il avait pu croiser tout au long sa vie, jamais encore il n'avait rencontré un homme aussi massif que Big John. Jocko se blottit derrière le flic alors qu'ils descendaient vers le rivage d'un pas hésitant. Le pêcheur sentit leur présence et se retourna vers eux. Hugo détailla les muscles puissants qui roulaient sous sa peau, son cou de bœuf et ses longs cheveux blancs tressés jusqu'au bas du dos.

— Je comprends mieux pourquoi on l'appelle Big John, ton grand-père, lança-t-il à l'enfant qui tremblait comme une feuille dans son dos.

Le vieil homme sortit de l'eau, une machette à la main. Hugo ne put s'empêcher de déglutir difficilement à mesure qu'il se rapprochait d'eux. Du haut de son mètre quatre-vingts, le flic dut relever la tête pour attraper le regard du colosse haïtien.

— Vous êtes Big John, c'est ça ?

L'homme baissa la tête vers le flic.

— Vous voulez quoi ? Et c'est qui, ce gamin ?

Jocko fit un pas de côté et salua son grand-père d'un geste de la main.

— C'est moi, lâcha-t-il timidement.

Hugo sentit tous les muscles du colosse se contracter sous le coup d'une intense surprise qui laissait sourdre un début de colère. Il posa machinalement la paume de sa main sur la crosse du Glock qu'il portait à la ceinture.

— On se calme, Big John ! Je m'appelle Hugo Pétrie et je suis un flic français. Je suis venu sur l'île de la Gonâve pour enquêter sur une série de meurtres. Jocko me donne un coup de main.

Le géant ne l'écoutait pas, les yeux rivés sur son petit-fils. Il laissa tomber sa machette sur le sable et ouvrit ses bras à l'enfant.

— Tu es vivant… *Fout tonè !* Tu es vivant !!!

Le garçon se précipita vers son grand-père, qui l'engloutit tout entier en le couvrant de baisers. Hugo préféra s'éloigner de quelques mètres et les laissa savourer leurs retrouvailles quand la voix puissante du grand-père tonna dans son dos.

— Merci à toi, le Français. Tu m'as ramené le dernier membre de ma famille encore en vie. Rentrons chez moi pour fêter ça. Il me reste une bouteille de Clairin !

— Je n'ai jamais entendu parler de cette Nylah Dévereaux dont tu parles, mais j'ai vaguement connu son père. Anderson, qu'il s'appelait. Un type sans histoires, pauvre, comme tout le monde sur cette île. Personne n'a jamais vraiment su ce qu'il s'était passé ce jour-là dans la cour de leur ferme. Des flics de la PNH ont débarqué du continent deux jours plus tard, mais je ne suis pas sûr qu'il y ait vraiment eu une enquête. Ils ont enterré les corps des parents quelque part dans un champ et on n'a plus jamais entendu parler des enfants.

— Zéphyr et Nylah.

Big John haussa les épaules.

— C'est possible. Je viens de te le dire, je ne les connaissais pas.

Hugo attendit que se calme la brûlure de l'alcool qui lui chatouillait l'œsophage, puis il reprit :

— Tu penses que quelqu'un sur cette île pourrait m'en dire plus ?

— Il y a peut-être quelqu'un, mais personne n'osera jamais t'emmener jusqu'à elle.

Hugo invita Big John à poursuivre d'un signe de tête intrigué.

— Marinette Dévereaux, la sœur d'Anderson. C'est une sorcière vaudoue, une *mambo*. Gran Bwa, qu'on la surnomme.

— Gran Bwa ?

— Grand Arbre, en créole. C'est le nom d'un esprit vicieux et cruel. Un des *loas* les plus dangereux de la culture vaudoue. Les gens d'ici pensent que Marinette est sa servante et qu'elle protège un vieil arbre où il s'est installé il y a des années de ça.

— Elle est toujours en vie ?

— Peut-être. Si c'est le cas, sa maison se trouve à quelques kilomètres d'ici, dans une des dernières forêts de l'île. Toutes les autres ont été emportées par les ouragans ou cramées dans l'exploitation du charbon de bois depuis bien longtemps. Bref, je te le répète, personne n'acceptera de te conduire là-bas, c'est une forêt sacrée.

Jocko s'interposa.

— Moi, je t'emmène, j'y crois pas, à tous ces trucs de magie vaudoue. Grand-père, dis-moi où c'est. Je vais l'accompagner et...

Le poing-marteau du colosse s'abattit sur la table de bois.

— Toi, tu restes ici ! Je viens seulement de te récupérer, ce n'est pas pour te perdre une deuxième fois. Quant à toi..., lança-t-il à Hugo en leur resservant un verre de rhum, je vais te montrer le chemin qui mène jusqu'à la maison de la sorcière. Je te laisserai à la lisière de la forêt, mais je n'irai pas plus loin.

29

Île de la Gonâve, Haïti
18° 47' 59" N 72° 49' 35" W

Hugo suait à grosses gouttes à l'ombre du titan de soixante-dix ans. Il sentait la nervosité de Big John augmenter au rythme de leurs pas, alors qu'ils progressaient sur le chemin de rocaille le long de la plage de Boucan Risqué.

— Arrête de te retourner tous les cent mètres, grand-père. Jocko ne nous suit pas.

— Laisse-moi vérifier par moi-même. Cet enfant est ma seule famille. Il est hors de question qu'il lui arrive malheur. Au fait, comment l'as-tu rencontré ?

Hugo lui raconta sa détention dans un trou putride de Cité Soleil et son premier contact avec Jocko, qui lui urinait sur la tête. Big John éclata d'un rire dévastateur qui s'éteignit aussitôt.

— Ces gangs sont des pourritures qui plongent notre pays dans les ténèbres un peu plus chaque jour. Ce sont les créatures maléfiques d'un prêtre défroqué qui nous a gouvernés pendant trop longtemps.

— Tu parles de Jean-Bertrand Aristide ?

— Exactement. C'est lui qui a créé les Chimères et les a encouragés à répandre le mal à son profit. Nous étions fiers, autrefois. Fiers et heureux que notre pays devienne la première république noire des temps modernes. Et aujourd'hui, qui sommes-nous ? Cette terre n'est plus qu'un champ de ruines et de désolation. Quand les gangs ne tuent pas nos familles et nos amis, c'est notre terre elle-même qui se retourne contre nous. Toutes ces tempêtes, tous ces tremblements de terre, c'est la colère de nos ancêtres qui nous dégringole sur le coin de la figure.

Big John pivota vers Hugo et posa sa main puissante sur l'épaule du Français.

— Je n'aurais pas assez d'une autre vie pour t'exprimer ma gratitude. Tu m'as ramené mon petit-fils, et je vais faire en sorte qu'il grandisse en paix ici, sur l'île de la Gonâve. Reprenons notre route, nous sommes bientôt arrivés.

Le pêcheur tourna le dos à l'océan et s'engagea dans un chemin rocailleux qui filait à pic vers une forêt dense. Hugo se concentra sur sa respiration, qui se faisait plus saccadée à mesure que la pente augmentait.

Ils parvinrent enfin au pied d'un mapou centenaire qui balisait l'entrée d'un sentier. Big John s'appuya contre le tronc de l'arbre et sortit une fiole de sa poche. Il en avala une bonne rasade et la tendit à Hugo. Le flic hocha la tête, hors d'haleine.

— C'est ici que nos routes se séparent. Suis ce chemin sur environ un kilomètre et tu trouveras la maison de la sorcière.

— Tu es quelqu'un de bien, Big John. Et ton petit-fils deviendra quelqu'un de bien, lui aussi.

Le colosse esquissa un sourire satisfait et se fendit d'un dernier conseil avant de tourner les talons :

— Méfie-toi de ce qui t'attend dans ces bois, le Français. Il y a des choses que tu n'es pas prêt à comprendre.

— Tu t'es perdu, l'ami ?

La vieille femme s'éventait tranquillement à l'ombre du porche de sa maison. Hugo s'arrêta à sa hauteur et leva les yeux vers la cime des arbres dont les branches épaisses obscurcissaient le chemin et formaient une arche végétale qui ployait jusqu'au sol.

— Pas vraiment. Je suis à la recherche de Mme Marinette Dévereaux. Vous la connaissez ?

La *mambo* pouffa de rire.

— Madame ? Ça fait des siècles qu'on ne m'a pas appelée madame ! Tu dois sûrement être français, pour être galant comme ça !

Hugo accepta le compliment et retourna un sourire complice à la vieille femme.

— Hugo Pétrie. Je suis policier. J'en déduis que vous êtes Marinette. Et, si vous êtes Marinette, vous êtes la tante de Nylah Dévereaux. Je la cherche, elle aussi.

— J'aimerais pouvoir t'aider, mon mignon. Mais je pense que ma 'tite Nylah a d'autres chats à fouetter pour le moment.

— Vous m'en direz tant. Je pourrais peut-être discuter avec son frère, si elle n'est pas disponible. Zéphyr, c'est bien ça ?

Le regard de la sorcière s'assombrit soudain.

— *Anvi tout, pèdi tout*, monsieur le Français galant homme. Qui court deux lièvres à la fois ne prend ni l'un ni l'autre. Mais, oui, je pense que Zéphyr va peut-être pouvoir t'aider.

Hugo sentit le regard de la *mambo* se déplacer par-dessus son épaule. Il pivota sur lui-même aux trois quarts et reconnut l'homme au masque de tête de mort qui levait une canne au-dessus de sa tête, avant de tomber à la renverse et de sombrer dans l'inconscience.

Ses yeux se rouvrirent sur des ténèbres incomplètes et striées de lumière, alors qu'une onde de douleur sourde roulait sous son crâne endolori.

Il sentit quelques rayons de soleil filtrer encore à travers les lattes de bois du cercueil, puis il perçut le raclement sourd des pelletées de terre qui s'abattaient sur lui, et qui éteignaient les uns après les autres les maigres filaments du jour le reliant encore au monde.

On l'enterrait vivant.

Il devina les bribes confuses d'une violente dispute entre un homme et une femme. Il reconnut la voix de Nylah. Un peu plus loin, la sorcière vaudoue ordonnait à Zéphyr d'en finir au plus vite et de quitter les lieux pour rejoindre la plage.

Hugo sentit la pelle s'enfoncer rageusement dans la terre, et ce fut le silence.

D'abord, il attendit. De longues minutes. Afin de s'assurer que la menace s'était éloignée.

Puis il commença à réfléchir. Il ferma les yeux et se força à respirer calmement. Ses pieds et ses poignets étaient liés par une solide corde de chanvre et il était coincé dans une boîte trop étroite qui ne lui permettait pratiquement aucun mouvement.

Alors la manière forte.

Il tenta de briser la planche sous ses pieds, mais il lui était impossible de plier suffisamment les jambes. Le bois crissait sous ses talons sans bouger d'un centimètre.

Se calmer à nouveau, réfléchir encore.

Il se tortilla en vain pour essayer de se libérer les mains. La caisse de bois le bloquait de tous les côtés.

Alors il patienta.

Et, au bout d'un long moment, le temps s'arrêta pour de bon.

Avait-il fini par s'endormir ? S'était-il évanoui par manque d'oxygène ?

Il avait revu sa fille en rêve. C'était déjà ça.

Marion.

Elle était allongée près de lui, au fond du sarcophage, et lui promettait tout bas que tout se passerait bien, qu'ils seraient bientôt réunis et que rien d'autre ne comptait.

Il l'avait embrassée sur le front et s'était enivré du parfum de ses cheveux. Et puis il avait replongé dans l'inconscience. Sous ses paupières gonflées de fièvre roulèrent d'autres séquences du passé.

Il accompagnait Marion à son premier jour d'école et posait un genou à terre pour la rassurer. L'enfant avait posé une main sur sa joue d'un air étonné : « Pourquoi tu es triste ? Ce sera fini ce soir, l'école. » Hugo n'avait rien dit. Il était venu la chercher un peu en avance et avait passé la soirée à sécher les larmes de sa fille quand elle avait enfin compris que, l'école, ça ne durait pas qu'une seule journée.

Et ses souvenirs s'emballèrent à rebours.

Il tenait à présent Marion par les épaules et l'aidait à se maintenir en équilibre sur son premier vélo.

Il râlait quand elle lui réclamait encore une autre histoire avant de s'endormir.

Il se levait la nuit au moindre bruit suspect provenant du berceau.

Il assistait à la naissance de sa fille et quelques heures plus tard au décès de son épouse, qui n'avait pas survécu à l'accouchement.

Il appelait sa femme toutes les cinq minutes avec une nouvelle idée de prénom en tête.

Il passait des heures à parler avec sa fille, la joue collée sur le ventre maternel, qui s'arrondissait de jour en jour.

Il retenait ses larmes en découvrant la première échographie.

Il se prenait la cuite de sa vie en apprenant qu'il allait devenir papa.

Il faisait l'amour avec sa femme.

Et puis il se mit à hurler du fond de son cauchemar à ciel fermé.

Un hurlement puissant qui s'échappa de sa gorge dans une dernière goulée d'air avant de s'asphyxier. C'était son âme qui se frayait un chemin le long des parois du cercueil à la recherche du moindre interstice qui l'aurait fait passer au travers des planches et remonter à la surface.

Une sueur aigre lui démangeait le visage sans qu'il puisse se gratter.

Quand sa voix se brisa enfin, il avait accepté de mourir ici, au fond d'un trou, à des milliers de kilomètres de chez lui. Alors il se mit à rire. Un rire teinté de rage et de résignation qui l'empêcha d'entendre les coups de pelle qui avaient repris de plus belle à la surface.

Continue, Zéphyr, fais-toi plaisir. J'en ai plus rien à foutre.

Mais les coups redoublèrent d'intensité, jusqu'à ce que le tranchant de la pelle vienne éventrer le couvercle du cercueil au niveau de sa tête.

Quand Hugo ouvrit les yeux, deux visages sombres le scrutaient sous une pluie d'étoiles.

— Toi, on peut dire que tu as de la voix ! Je t'avais pourtant bien dit de te méfier, le Français. Et remercie Jocko, c'est lui qui m'a convaincu de revenir te chercher.

18° 47' 59'' N 72° 49' 35'' W

On a fait une sacrée fête le lendemain de notre découverte ! Zéphyr et moi ne savions toujours pas à quoi servaient ces briques de plâtre qu'on avait rapportées de la planque des Lougawous, mais son père était heureux et ça nous allait très bien.

Je ne me souvenais pas les avoir vus tous aussi joyeux depuis la naissance de Nylah. Même la mère semblait se prendre au jeu, sans avoir la moindre idée de ce qui réjouissait à ce point son mari. Le père avait caché les briques sous une poutre de la grange et il avait prévu de se rendre à Port-au-Prince dès le lendemain matin afin de visiter un de ses cousins, qui habitait Cité Soleil. Il saurait sûrement quoi faire pour tirer un bon prix de cette découverte. Zéphyr était tellement fier de voir son père si enthousiaste. Fini les rats, fini les trombes d'eau qui leur dégringolaient sur la tête en pleine nuit. Le garçon a pensé un instant à Marinette. Il aurait aimé partager ces moments avec elle. Et peut-être qu'elle pourrait lui en dire plus sur cette mystérieuse poudre ? Elle qui lui avait appris à fabriquer la potion des zombis. Il irait la voir un peu plus tard dans la journée.

Quand la fête s'est terminée et qu'ils sont rentrés dans la maison, je suis allé m'allonger dans les herbes hautes sur le bord du chemin. Le soleil était fort, mais l'air était doux. Je me suis endormi en un clin d'œil.

C'est le bruit du moteur qui m'a réveillé en sursaut.

30

Au large d'Haïti
19° 06' 58" N 73° 08' 47" W

Nylah était assise en tailleur à la proue du petit bateau de pêche qui filait bon train direction nord-ouest. Elle observait l'étrave qui fendait les eaux noires de l'océan sans se soucier du regard de son frère, qu'elle sentait s'enfoncer entre ses omoplates comme un index en forme de question.

— Je te hais, fit-elle dans le vent du soir aux relents de diesel.

Zéphyr lâcha la barre un instant et vint s'asseoir auprès d'elle.

— Ce flic aurait passé sa vie à te pourchasser. Je t'ai dit que tu serais bientôt libre, c'était la seule manière de te le garantir.

— Tu m'as aussi fait la promesse de ne plus t'en prendre à des innocents.

Le masque fit rouler entre ses doigts le pommeau de sa canne-épée.

— C'était la seule solution pour que tu puisses vivre en paix après tout ça.

— Je ne veux plus être mêlée à quoi que ce soit. Fais ce que tu as à faire quand nous serons sur place, je resterai à distance.

— Comme tu voudras, répondit Zéphyr en reprenant la barre. Comme tu voudras.

Ils débarquèrent quelques heures plus tard sur une plage de sable fin laissant deviner au loin les lueurs intermittentes d'une activité humaine.

Ils sautèrent à l'eau et rejoignirent la rive, abandonnant leur embarcation aux caprices des courants, puis ils marchèrent encore une heure le long de la plage bordée d'une dune infinie avant d'atteindre enfin l'épave du cargo.

Le vaisseau fantôme baignait dans la lumière d'une lune pleine, ses flancs battus par des vagues sombres qui se brisaient contre la coque rouillée.

Nylah tendit l'oreille et perçut des râles étouffés qui venaient à leur rencontre.

Et puis les râles se transformèrent en voix.

Et puis les voix se transformèrent en chant.

Un chant tribal et lancinant qui s'élevait vers le ciel au pied du vaisseau abandonné.

Zéphyr s'immobilisa au sommet de la dune et fit signe à sa sœur de rester en arrière. La jeune femme ignora l'avertissement et s'approcha malgré tout. Elle plissa les yeux dans l'obscurité et distingua une vingtaine d'hommes et de femmes qui dansaient autour de braseros d'où s'élevaient des flammes vertigineuses.

Elle crut d'abord à une fête, mais les visages couverts de sueur étaient fermés, concentrés sur leurs litanies. Les corps se frôlaient sur le sable, lestés de fièvre et d'alcool.

Ce n'était pas une fête, c'était une cérémonie.

Du haut de la dune, Nylah se sentit soudain gagnée par la transe qui envoûtait ces femmes drapées dans des pièces d'étoffe chamarrées et qui tournoyaient sur elles-mêmes, les mains levées au ciel. Les hommes, eux, ne parlaient pas, le visage caché derrière leur masque rituel. Certains d'entre eux se tenaient accroupis au pied d'un mât de bois planté dans le sable. Nylah se tordit le cou et reconnut de loin les symboles occultes qu'ils traçaient sur le sol. Les mêmes que Marinette dessinait dans l'appartement abandonné de Montreuil.

Des *vèvè.*

Elle sentit monter en elle une joie trouble qui lui brouillait les sens. Elle aurait voulu courir vers ces gens, partager leur ferveur, mais Zéphyr claqua des doigts devant ses yeux écarquillés.

— On y va.

Ils descendirent la dune sans échanger un mot et vinrent se mêler à la foule hypnotisée qui semblait attendre quelque chose. Les chants s'étaient tus et tous se tenaient debout devant un large sas blindé.

Un homme vêtu d'une toge immaculée s'extirpa bientôt des entrailles du cargo en cherchant son chemin à l'aide d'une canne en bambou.

— Le voilà enfin, siffla Zéphyr sous son masque.

Nylah ne put s'empêcher de ressentir une forme de fascination à la vue de ce vieil Européen chauve à la longue barbe tressée qui levait les mains au ciel et invitait la multitude à se rapprocher.

Tous s'exécutèrent sans broncher et vinrent s'asseoir en cercle autour de lui. L'homme attendit qu'on le guidât jusqu'à sa chaise et se mit à parler d'une voix grave et puissante qui portait bien au-delà de son auditoire.

— *Après cela, je regardai et je vis une foule immense que personne ne pouvait compter. C'étaient des hommes de toutes nations, de toutes tribus, de tous peuples et de toutes langues. Ils se tenaient debout devant le trône et devant l'Agneau, habillés de robes blanches, des feuilles de palmier à la main, et ils criaient d'une voix forte : « Le salut est à notre Dieu qui est assis sur le trône et à l'Agneau. » Tous les anges qui se tenaient autour du trône, des anciens et des quatre êtres vivants se prosternèrent, le visage contre terre, devant le trône et ils adorèrent Dieu en disant : « Amen ! La louange, la gloire, la sagesse, la reconnaissance, l'honneur, la puissance et la force sont à notre Dieu, aux siècles des siècles ! Amen ! »*

Une heure passa ainsi. Une heure de prêche, d'incantations et de poésie avant que le vieil aveugle ne s'en retourne dans le ventre de l'épave sous les applaudissements de la foule ivre de joie.

Zéphyr sortit le Glock de Hugo de la poche de sa veste et se pencha vers Nylah.

— Je ne serai pas long.

Il se fraya un chemin dans les coursives en s'accrochant aux poutres de métal qui tissaient autour de lui d'étranges toiles d'araignée. Tout au bout d'un long couloir oblique, il aperçut un hublot faiblement éclairé qui menait à la cabine de Kœnig. Il poussa la lourde porte, qui grinça sur ses gonds, puis s'avança au milieu d'un fatras de bougies et d'objets liturgiques.

Kœnig était là, son imposante carcasse au repos sur un lit de camp protégé par une moustiquaire.

— J'ai senti ta présence parmi mes fidèles, petit cafard.

Zéphyr ne put refréner un frisson de colère et de crainte mêlées, avant de sortir de l'ombre et de faire face au chef des Lougawous.

— Je viens d'assister à ton prêche ridicule. Tu es tombé bien bas. Tu me fais penser au père Janssen, c'est pitoyable.

— Ces gens écoutent mes mots sans les comprendre, et ça suffit à les rendre heureux. En échange, ils me nourrissent et ils prennent soin de moi. Tu parles de Janssen. On m'a dit qu'il était mort, tout comme Novak. Ton œuvre, j'imagine.

— C'est ton tour, à présent.

— Peut-être... Ou peut-être que tu n'existes pas et que je suis en train de rêver. Je t'ai tiré une balle dans l'œil. Je t'ai vu mourir sous mes yeux. Comment expliques-tu ce prodige ?

— Pose donc la question à ton Dieu. C'est lui qui t'a abandonné dans cette épave.

— C'est plus compliqué que ça, petit cafard, bien plus compliqué.

Kœnig lui raconta comment ses anciens partenaires l'avaient trahi et avaient provoqué la mort de sa femme et de son fils plus de dix ans auparavant. Zéphyr écoutait l'aveugle d'une oreille distraite.

— Ensuite, j'ai fait comme toi, poursuivit l'Allemand. Je me suis vengé. J'ai éliminé un par un les assassins de ma famille, en me disant que je m'occuperais ensuite de mes anciens partenaires. Mais ça a mal tourné à Port-au-Prince et j'ai perdu la vue. J'ai dû m'enfuir avec mes hommes et on s'est retrouvés ici, dans ce trou oublié de tous.

— Et c'est dans ce trou que tu vas mourir aujourd'hui. Mais, avant, tu vas me donner le nom de ton dernier complice. Je vais me charger de lui, si ça peut te réconforter.

— Tu n'imagines pas à quel point, répliqua l'Allemand.

— Qu'est-ce que tu veux dire ?

— Je vais te donner le nom de cet homme, petit cafard. Ensuite, tu vas le retrouver et tu n'auras pas d'autre choix que de le tuer pour nous deux. Tu vas obtenir ta vengeance et me venger du même coup. Quelle ironie, tu ne trouves pas ?

Kœnig étouffa un rire gras qui se transforma en une toux puissante qui lui coupa le souffle. Il essuya d'un revers de manche le mince filet de bave rougeâtre qui s'écoulait de la commissure de ses lèvres.

— L'homme que tu cherches s'appelle Max Dapper.

— Où est-il ?

— La question n'est pas de savoir où il est mais de savoir ce qu'il est devenu.

— Je t'écoute.

— Dapper a toujours été passionné par la culture vaudoue. À l'époque, plus rien d'autre ne comptait. Il passait ses nuits dans les bas-fonds de Port-au-Prince avec des sorciers qui lui enseignaient toutes sortes de choses : sortilèges, potions, rites de zombification. Quand il a fini par me balancer au gouvernement, il a fui en Europe, où il a réussi à se faire passer pour un spécialiste de renommée mondiale en matière de poisons. Ça a marché. Mais, hélas pour toi, tu vas encore devoir traverser un océan pour mettre la main sur lui.

— Comment sais-tu tout cela ? demanda le masque avec impatience.

— J'ai toujours gardé des contacts solides avec la diaspora haïtienne. Difficile de se cacher, dans ce monde, même pour un type comme Dapper. Là, quelque part sur ma table de chevet, cherche le livre de l'Apocalypse. Tu trouveras à l'intérieur des informations qui te mèneront à ce chien. Finissons-en, à présent, si tu veux bien.

Zéphyr recula la glissière du Glock et fit monter une balle dans la chambre avant de braquer l'arme en direction du vieil aveugle, qui lui adressa un sourire presque soulagé.

L'Allemand allongea sa tête sur l'oreiller et se mit à psalmodier à voix basse :

— *Je regardai et je vis un cheval verdâtre. Celui qui le montait avait pour nom « la Mort », et le séjour des morts l'accompagnait. Ils reçurent le pouvoir, sur le quart de la terre, de faire mourir les hommes par l'épée, par la famine, par la peste et par les bêtes sauvages de la terre.*

Zéphyr enfonça le canon du Glock dans l'œil éteint de Kœnig.

— Amen, murmura-t-il avant de vider son chargeur.

31

Île de la Gonâve, Haïti
18° 47′ 59″ N 72° 49′ 35″ W

Big John tendit la main à Hugo et le hissa à la surface avec précaution. Le flic s'accrocha à lui et tenta de se maintenir debout, mais il retomba lourdement sur les fesses.

— Houlà, doucement ! Tu as pris un sacré coup sur la tête, attends un peu avant de te relever, lui ordonna le vieil Haïtien.

Hugo prit une profonde inspiration et laissa l'air pur de la nuit débarrasser son âme des scories de son séjour sous terre. Il se toucha le sommet du crâne et en retira deux doigts ensanglantés qu'il essuya sur son treillis.

— C'est pas bien méchant, lâcha Big John sur un ton rassurant. Le cuir chevelu, ça pisse toujours plus. J'ai de quoi te recoudre à la maison. Souffle quelques minutes et après on rentre.

Le flic palpa machinalement le reste de son corps. Son arme et son téléphone avaient disparu.

— Je dois retrouver cette sorcière. Je vous rejoindrai ensuite. On est où, là ?

— Une clairière à cent mètres de chez la *mambo*. Et c'est moi qui t'ai entendu crier le premier ! répondit Jocko d'un ton plein de fierté.

Hugo se releva et cracha la terre qu'il avait encore dans la bouche.

— Merci, petit.

Ils s'avancèrent au plus près de la maison. La sorcière les attendait sous son porche éclairé de dizaines de bougies aux flammes vacillantes. Elle désigna Hugo d'un signe de tête méprisant.

— Toi, tu peux entrer. Le vieux et l'enfant devront attendre dehors.

Le flic fit un pas en avant.

— Où sont Zéphyr et Nylah ?

— Où qu'ils soient, et même si tu les retrouves, tu ne peux plus rien changer à ce qui va se produire. Rentre avec moi dans la maison.

Hugo monta les marches de l'escalier de bois et pénétra dans le capharnaüm qui servait de cuisine à la *mambo*. Des bougies, encore, qui éclairaient chichement des alignements de bocaux au contenu indéfinissable. Des grimoires ouverts étalés un peu partout sur le sol recouvert de *vèvè* dessinés à la craie. Au plafond, plusieurs variétés de plantes séchaient sur des cordelettes tendues aux quatre coins de la pièce. Marinette invita le Français à s'asseoir à sa table.

— Je suis fatigué, vieille femme. Donne-moi des réponses.

— Oui, tu es fatigué. Je peux ressentir ta lassitude. Tu as perdu quelqu'un de cher il n'y a pas si longtemps, je le sens. Un enfant, peut-être. Oui, c'est ça. Ton enfant. Et tu penses probablement panser tes blessures et sauver ton âme en protégeant Nylah.

Hugo lui jeta un regard lourd d'une tristesse enfouie qui lui nouait les tripes.

— Je finirai bien par les retrouver, elle et ce monstre qui l'accompagne.

— Mon 'tit ange ? Un monstre ? Il est tout sauf un monstre. Ce n'est qu'un enfant qui n'avait rien demandé à personne. Tout ce qu'il voulait, c'était aider ses parents à sortir de la misère.

— Je veux seulement la vérité.

— La vérité… Il n'y a pas de vérité. Il n'y a que la justice divine, et contre ça tu ne peux rien. Personne ne peut vaincre mon petit *revenan*.

Hugo se prit la tête entre les mains, l'épuisement lui courbait la nuque.

— C'est quoi encore ces conneries ? soupira-t-il. Vous essayez de me dire que Zéphyr est un fantôme, c'est ça ?

Une flamme de fierté embrasa le regard de la sorcière.

— Il est bien plus que ça. C'est une âme pure. Une âme qui est revenue d'entre les morts pour se venger des hommes qui ont tué ses parents.

— Vous êtes complètement folle. Et Nylah, dans tout ça ? Elle n'avait rien demandé.

— Tu ne comprends vraiment rien, le Blanc. Nylah est une armure. C'est l'armure de mon petit Zéphyr, et c'est moi qui l'ai retrouvée. Je suis allée la chercher jusque dans ton pays pour la transformer et la ramener ici, chez nous. C'est grâce à moi qu'elle est devenue ce qu'elle est aujourd'hui !

Hugo sentit un profond malaise s'immiscer en lui. Il pouvait à peine concevoir ce que la sorcière lui faisait comprendre à mots voilés. Il lui lança un regard incrédule, alors qu'elle s'emparait de sa blague à tabac et bourrait consciencieusement sa pipe.

Elle inspira une puissante bouffée et se mit à tousser violemment. Le poison se frayait déjà un chemin à travers ses bronches.

— Il est temps pour moi de partir. Plus rien ne pourra être empêché, désormais. *Sa ou fè se li ou wè.*

La vieille femme se prit la poitrine à deux mains et bascula lourdement en arrière. Hugo se précipita vers elle et lui redressa délicatement la nuque.

— Qui est Zéphyr ? Dites-le-moi, je vous en prie, murmura-t-il.

Le visage ridé de Marinette Dévereaux s'affaissa dans un sourire oblique.

— Je pourrais le dire à ton oreille, mais ton esprit ne pourrait pas le comprendre. C'est normal, tu es un Blanc.

— Zéphyr est dangereux, déclara Hugo. Je peux encore sauver Nylah.

— Tu ne peux plus rien faire contre eux. Ils sont un.

32

Port-au-Prince, Haïti
18° 34' 44" N 72° 17' 04" W

Hugo poussa la porte du bureau et sentit deux regards inquiets se poser sur lui. L'épaule gauche contrainte par un bandage épais, Mathias sirotait un café de sa main valide dans le fauteuil-sieste de Niko, qui se préparait un énième cigare.

— Ça va, les fringues ? lança le chef de l'ULCS au Français. On n'a que des tailles américaines, ici, désolé.

Hugo lui répondit d'un vague hochement de tête. Il nageait dans son treillis et dans un T-shirt noir XXL de la PNH que Niko lui avait fait apporter quand il s'était présenté couvert de terre et de poussière à la réception de la DCPJ.

— Ça fera l'affaire. Merci pour ça.

Puis il s'adressa à Mathias :

— Et toi, comment ça va ?

L'ancien Casque bleu posa sa tasse à café et fouilla d'une main la poche de sa chemise à la recherche de son paquet de cigarettes.

— Mieux que toi, mec. T'as vraiment une mine de déterré !

Hugo resta interdit quelques secondes, puis il explosa d'un rire dévastateur qui figea sur place les deux autres. Ils le dévisagèrent quelques secondes avant d'être à leur tour contaminés par le fou rire nerveux du flic.

Mathias se tordait de douleur tout en riant aux éclats, alors que Niko s'essuyait les yeux d'un revers de la main.

— Bon, tout le monde se calme, ordonna-t-il. Raconte-nous ce qui s'est passé sur l'île.

Hugo se tenait les côtes, le souffle coupé par cette soudaine vague d'hilarité. Il reprit ses esprits et leur raconta ses deux derniers jours, de sa rencontre avec Big John à son cauchemar sous terre, jusqu'au suicide de la vieille *mambo*, dont il ne comprenait toujours pas les dernières paroles.

— Bref, on n'est pas plus avancés, conclut le flic français.

— Détrompe-toi, le coupa Niko. Il s'est passé des choses ici pendant que tu rêvassais au fond de ton trou. On a interrogé les Chimères qu'on a interpellés à Cité Soleil. Parmi eux, on a identifié un certain Calixte Rivière, le bras droit de Sixpack. On n'a pas eu à insister bien longtemps pour qu'il se mette à table. Ce Calixte faisait partie de la bande recrutée par Kœnig pour venger sa famille. Il nous a dit que ça avait mal tourné quand ils ont essayé de régler son compte à un flic pourri de la PNH. Kœnig y a laissé la vue et toute cette joyeuse bande a fui Port-au-Prince pour aller se planquer dans le nord-ouest de l'île. Sixpack et ses hommes ont fini par rentrer en ville au bout de quelques mois, mais Kœnig, lui, est resté là-bas. Il vivrait dans la carcasse d'un pétrolier échoué sur une plage dans le secteur de la baie des Moustiques.

Hugo ne put réprimer son enthousiasme.

— Putain ! Enfin quelque chose de solide. On part quand ?

— On se détend, répliqua Mathias. Même avec un 4x4 en parfait état, on en a pour au moins sept heures de route.

Niko se rencogna dans son fauteuil et envoya à Mathias un clin d'œil plein de malice.

— Homme de peu de foi...

L'hélicoptère survola l'épave à deux reprises avant de se poser près d'une dune qui s'étirait jusqu'à l'horizon. Niko s'adressa au pilote avant de sauter de l'engin, plié en deux dans les spires de poussière déchaînées par les pales.

— Tu nous récupères dans une heure max !

Le pilote leva un pouce en l'air et attendit que Mathias et Hugo aient sauté de l'habitacle avant de redécoller. Les trois hommes vérifièrent leurs armes et ajustèrent leur gilet pare-balles siglé PNH avant de se diriger vers la plage. Ils marchèrent en silence vers l'antre de Kœnig, à l'affût du moindre signe de vie. Parvenu au pied de l'épave, Niko leva un poing en l'air.

— Je passe devant. Hugo, tu m'accompagnes. Toi, Mathias, tu nous attends ici.

L'ancien Casque bleu faillit objecter, mais son bras en écharpe faisait de lui un coéquipier bien trop vulnérable en cas d'échauffourée. Il opina en maugréant et les regarda disparaître dans le ventre du vaisseau fantôme.

Niko examinait d'un œil expert le canon du 9 mm enfoncé jusqu'à la garde dans l'œil de Kœnig.

— Mathias va récupérer le Glock qu'il t'a prêté, c'est déjà ça.

Le meurtrier avait tiré une bonne dizaine de cartouches à bout touchant avant d'enfoncer l'arme tout au fond de la boîte crânienne de l'Allemand. Un geste de fureur pure.

— Il est mort depuis longtemps ?

— Je dirais une dizaine d'heures, tout au plus.

Hugo sentit un flot de bile remonter de son estomac. Il se força à déglutir et se concentra sur le reste de la cabine. Il fouilla en vain le fatras de bibles et de manuels en braille qui s'entassaient un peu partout dans la pièce avant de tomber sur un exemplaire du livre de l'Apocalypse ouvert à ses pieds. Il ramassa l'ouvrage et commença à parcourir quelques psaumes, jusqu'à une page écornée où était inscrit un message.

Un message écrit au feutre rouge en traits maladroits.

Niet zo Dapper
48° 49' 46" N 2° 20' 20" E

Intrigué, Niko s'approcha du Français et regarda par-dessus son épaule.

— Tu sais ce que ça veut dire ? lui demanda Hugo.

— C'est du néerlandais. Ça veut dire : « Pas si vaillant que ça », lança Niko Madsen en sortant son téléphone portable de la poche de son treillis. Quant à ces coordonnées GPS, on va savoir tout de suite où elles pointent.

Hugo sentit la coque rongée du cargo vaciller sous ses pieds. Il se laissa tomber sur une chaise branlante et se prit la tête entre les mains.

— Holà, tout va bien ? T'es livide !

Un vertige irrésistible s'était emparé du Français. Toutes les pièces du puzzle venaient de s'imbriquer sous ses yeux. Il repensa aux derniers mots de Marinette Dévereaux. Elle lui avait révélé la vérité. Une vérité sombre et mystique. Une vérité que son esprit de flic européen n'aurait jamais pu concevoir mais qui éclatait à présent, nette et limpide.

Niko arqua un sourcil perplexe devant l'adresse qui venait de s'afficher sur l'écran de son téléphone.

— Bizarre. L'hôpital Sainte-Anne, à Paris, ça te parle ?

Hugo se frotta les ailes du nez pendant de longues secondes, puis il opina d'un air sombre.

— Oui, ça me parle. On se tire d'ici au plus vite, je dois rentrer à Paris par le premier avion.

33

Hôpital Sainte-Anne, Paris
48° 49' 46" N 2° 20' 20" E

La douleur n'avait toujours été pour lui qu'une simple information. Un flux électrique qui sinuait depuis longtemps dans tous les recoins de son corps meurtri. Mais ce flux était un indicateur précieux. Il le renseignait un peu plus chaque jour sur l'état d'avancement de la maladie. Ses heures d'étude et de pratique de la magie vaudoue lui avaient appris à maîtriser la douleur, à la transformer en quelque chose de plus utile.

Ses souffrances s'étaient peu à peu transformées en colère.

Une colère noire, impossible à étancher et qui lui permettait d'affronter la seule chose qui l'effrayait vraiment et sur laquelle ni lui ni ses potions n'avaient la moindre emprise : la dégénérescence programmée de tous les muscles de son corps.

Ses jambes ne le portaient presque plus, les mots sortaient de sa bouche selon un débit de plus en plus désordonné, sans même qu'il puisse parfois en maîtriser le sens. Ses mains tremblaient un peu plus chaque jour.

Seul aux commandes, son cerveau affolé analysait chaque symptôme sans jamais admettre l'inéluctable : l'ataxie de Friedreich allait avoir sa peau.

Il s'imaginait la maladie sous la forme d'une catapulte géante qui démolissait les uns après les autres tous les remparts de son corps, forteresse assiégée qui ne résisterait plus très longtemps.

Il avait pourtant tout essayé, des potions savantes qu'il concoctait nuit après nuit aux incantations à distance commandées à un vieil ami, *oungan* originaire d'un village du sud d'Haïti.

En vain.

Il s'engouffra dans l'ascenseur qui descendait au parking souterrain et repensa à Janssen, indifférent aux chiffres des étages qui s'imprimait sur ses rétines. Il n'en revenait toujours pas que les flics lui aient ramené le prêtre sur un plateau. Ou presque. Il avait ressenti une vague appréhension en reconnaissant l'ancien Lougawou, mais son état de confusion mentale n'avait laissé aucune place au doute : quelqu'un avait zombifié Janssen. Quelqu'un qui semblait connaître le rituel et le dosage secret du poison. Un dosage qui avait fait perdre la raison au prêtre, mais qui était insuffisant pour arrêter son cœur. Vaillant aurait dû éprouver du soulagement en comprenant que le prêtre n'était plus en capacité de le reconnaître, mais il avait malgré tout mis un point d'honneur à finir le travail du soi-disant tueur vaudou.

Il avait attendu la nuit et s'était glissé dans la chambre de l'ancien *padre*, une seringue à la main. Il était resté quelques minutes assis sur une chaise au pied du lit, hypnotisé par le goutte-à-goutte de la tétrodotoxine qui troublait la poche de sérum physiologique et se délitait dans le cathéter comme un serpent liquide. La mort de Janssen allait régler une partie de ses problèmes. Une partie seulement. Vaillant avait appris le matin même la mort de Ruben Novak dans la presse.

L'ancien sniper sud-africain des forces spéciales avait été retrouvé brûlé vif dans la cave de l'hôtel de luxe qu'il dirigeait au fin fond des Alpes suisses. Les premières conclusions de la police locale étaient sans appel : Novak avait été assassiné. Son tueur avait utilisé la technique de torture dite du « collier de feu ». Vaillant s'en souvenait sous un autre nom, « le coup du Père Lebrun ». Et ce souvenir sordide lui en rappela un autre. Plus lointain, mais toujours aussi vivace.

Il s'était levé fatigué de tout ce matin-là. Fatigué par une nuit blanche passée à élaborer de nouvelles potions sous l'œil aguerri du maître *oungan* qui lui enseignait la magie vaudoue depuis des mois. Fatigué d'avoir rejoint Kœnig et les autres et de devoir encore convoyer une cargaison de drogue sur l'île de la Gonâve. Fatigué par ce gamin que Kœnig avait recruté comme guetteur et qui venait de les soulager de quelques kilos de dope qu'ils allaient devoir récupérer à n'importe quel prix.

Vaillant se revit assis sur une chaise au milieu de la cour de la ferme délabrée où le gamin vivait avec sa sœur et ses parents. Il s'appelait encore Maximilian Dapper, à cette époque.

À sa droite, Kœnig maintenait fermement le jeune garçon qui leur avait volé la drogue.

Le *padre*, lui, se tenait accroupi devant le 4x4 qu'ils utilisaient pour rejoindre le zodiac qui les ramènerait à Port-au-Prince un peu plus tard, quand le travail serait terminé. Il murmurait quelque chose à l'oreille de la petite sœur qui pleurait en se cachant le visage dans une poupée de chiffon.

De son côté, Novak suait à grosses gouttes en ligotant fermement le père de famille au pied d'un flamboyant magnifique.

Dapper s'était finalement relevé en bâillant. Il s'était dirigé vers la mère de famille, l'avait attrapée par les cheveux et l'avait traînée derrière lui en direction de la grange. Elle s'était laissé faire sans un mot, le regard vide, comme si elle n'était pas là. Comme si elle n'était *plus* là. *Cette femme est folle*, s'était dit le toubib, qui venait de mettre la main sur une corde dans le capharnaüm de la grange.

Il avait pris tout son temps pour peaufiner le nœud coulant qu'il venait de passer autour du cou de la mère, avant de balancer la corde par-dessus une poutre et de tirer de toutes ses forces. Il avait observé le corps dans l'air se tortiller avant de positionner une chaise à quelques centimètres des orteils de sa victime, histoire de faire durer le plaisir.

La femme s'était débattue en grimaçant pour essayer d'atteindre le dossier de la chaise quand sa nuque avait cédé d'un coup sec. Dapper l'avait regardée tournoyer sur elle-même d'un air satisfait, avant d'aller donner un coup de main à Novak, qui aspergeait d'essence le père de famille.

À l'autre bout de la cour, le gamin avait échappé à la vigilance de Kœnig et brandissait au-dessus de sa tête une machette trop grande pour lui. Le toubib avait souri dans le soleil, ce môme avait du cran. Un cran qu'il s'apprêtait à briser en grattant une allumette sur le holster de son arme.

Le père s'était embrasé dans un panache de fumée noire et d'odeurs de chair brûlée, alors que Kœnig forçait la petite sœur du gamin à prendre son 38 entre ses mains et à viser son frère qui venait de laisser tomber sa machette sur le sol.

Kœnig.

Dapper le haïssait depuis toujours. Ce carnage à ciel ouvert était sa faute. Rien de tout cela ne se serait produit si l'Allemand s'était débarrassé du gamin lors de leur première rencontre. Le toubib avait décidé à cet instant que leur association avait assez duré.

Une sonnerie brève le ramena dans l'ascenseur. Il serait bientôt confortablement installé un verre de rhum à la main dans le salon de sa maison de maître en banlieue parisienne. Il se redressa sur ses béquilles et émit un gloussement pathétique en découvrant la silhouette presque familière qui l'attendait derrière les portes de l'ascenseur.

L'homme était vêtu d'un costume noir couvert de poussière. Il était coiffé d'un chapeau melon usé jusqu'à la corde et cachait son visage derrière un masque de cérémonie vaudou.

Max Dapper comprit à cet instant que ce ne serait pas la maladie qui lui arracherait la vie.

34

Paris, France
49° 00' 10" N 2° 34' 52" E

Six heures de plus, 20 °C de moins.

Le choc thermique qui cueillit Hugo à la sortie de l'aéroport Charles-de-Gaulle le pétrifia sur place. Il se dandinait d'un pied sur l'autre pour se réchauffer les orteils quand Gizmo se gara enfin sur le dépose-minute. Hugo esquissa un sourire-stalactite à son adjoint et s'engouffra dans l'habitacle surchauffé.

— Tu as fait bon vol, capitaine ? T'as vraiment une sale gueule !

— Merci du compliment. Quoi de neuf ici ?

L'adjoint de Pétrie démarra en trombe en manquant de s'emplafonner dans un taxi.

— Des bonnes nouvelles pour toi. Regarde dans la boîte à gants.

Hugo fouilla le vide-poches et en ressortit son arme de service et son badge sous le regard enthousiaste de son adjoint.

— Leclerc lâche l'affaire, il accepte que tu réintègres le groupe. Tu rempiles, chef ! Heureux ?

Hugo se contenta de hocher la tête. Le regard perdu au-dehors, il subissait le spectacle de la campagne morne qui défilait sous ses yeux, comme un négatif des paysages écrasés de soleil qu'il venait de quitter.

Haïti lui manquait déjà.

— J'imagine que Marc Duveau a fait pression sur lui ?

Gizmo sourit de toutes ses dents.

— Tu peux remercier ton pote de l'IGPN. Bref, l'essentiel, c'est que tu sois de retour. Et toi, de ton côté ?

— Je te débrieferai plus tard. Là, j'ai juste besoin d'une douche et d'une bonne sieste.

Hugo se rencogna dans son siège et alluma une cigarette. Il repensa à Niko et à Mathias qui l'avaient accompagné à l'aéroport Toussaint-Louverture. Les adieux s'étaient faits sans effusions, mais les trois hommes s'étaient mis d'accord pour se tenir au courant des progrès de l'enquête et se revoir un de ces jours autour d'un verre de Clairin.

Mathias avait attendu le dernier moment pour glisser un mot discret au Français.

« Je ne sais pas si tu seras amené à la revoir, mais si c'est le cas… peux-tu saluer Esther de ma part ? »

Hugo l'avait regardé droit dans les yeux.

« Je sais que ça ne me regarde pas, mais quand j'ai rencontré Esther et qu'elle m'a parlé de toi, j'ai senti qu'il y avait toujours quelque chose entre vous. À ta place, je l'appellerais moi-même pour en avoir le cœur net. »

Mathias lui avait retourné un sourire un peu gêné sous le regard réjoui de Niko, qui avait donné l'accolade au flic français.

« À plus tard, Hugo Pétrie. Et surveille tes arrières quand tu seras à Paris, on n'est plus là pour te protéger, Mathias et moi. »

*

Gizmo déposa Pétrie au pied de son immeuble du 13e arrondissement. Le flic regarda la voiture de son adjoint disparaître au coin de la rue, puis il attrapa son sac à dos et pénétra dans le hall d'entrée. Il alluma la minuterie et se figea sur place.

Elle était là, belle, sombre et le toisant de son regard émeraude un peu triste.

— Nylah ! Bon sang, mais que faites-vous ici ?

La jeune femme se contenta de baisser les yeux et sortit une petite fiole de la poche de sa veste de treillis. Le flic la laissa s'approcher jusqu'à ce que leurs corps se frôlent, hypnotisé par le regard étrange qu'elle lui lança en lui soufflant la poudre au visage.

— Je suis désolée, Hugo. Il ne me laisse pas le choix.

18° 47' 59" N 72° 49' 35" W

Je n'ai rien à ajouter pour ma défense. Il n'y a rien que j'aurais pu dire ou faire pour changer les événements qui se sont produits ce jour-là. Je me suis caché derrière un arbre et j'ai observé les Lougawous alors qu'ils assassinaient les parents de Zéphyr. Cette famille qui était devenue la mienne depuis toutes ces années. Le spectacle était insoutenable et je me suis enfui le plus loin possible, jusqu'à ce que la colonne de fumée qui embrasait la cour de la ferme ne soit plus qu'une fumerolle évanescente qui se confondait avec l'horizon. J'aurais sûrement pleuré si j'en avais été capable, mais aucune larme n'a jamais roulé sur mes joues.

J'ai attendu quelques heures avant de revenir vers la ferme et c'est là que j'ai aperçu Marinette, qui était arrivée entre-temps. Elle berçait Zéphyr dans ses bras chétifs. Je l'entendais marmonner des formules magiques, comme si les loas *pouvaient faire quelque chose pour ramener l'enfant.*

Au bout d'un long moment, elle s'est appuyée sur sa canne pour se relever et elle est partie chercher la vieille mule.

Elle a soulevé Zéphyr avec une précaution infinie et l'a déposé sur le dos de l'animal. C'est à cet instant que je suis sorti des herbes et que je me suis approché. Elle a séché ses larmes d'un revers de main et m'a lancé un regard noir.

Elle m'a juste dit : « Te voilà, toi.. »

Et puis nous avons pris ensemble le chemin de sa maison.

35

Paris, France
48° 53' 13" N 2° 06' 47" E

La pièce où il se réveilla était plongée dans une semi-obscurité. Il sentit les liens qui entravaient ses poignets et se crut à nouveau prisonnier d'une tombe avant que ses yeux s'accommodent au charme feutré d'un vaste salon tapissé de tableaux et de rayonnages de livres.

Face à lui, un homme se tenait assis sur une chaise, les mains attachées dans le dos. Une corde fixée à un anneau métallique descendait du plafond et entravait solidement son cou. Hugo mit quelques secondes à faire le point sur les traits familiers du Pr Vaillant.

— Max Dapper, murmura-t-il d'une voix encore enrouée de poison. C'était vous depuis le début.

L'homme releva la tête vers Hugo et lui lança un sourire désabusé.

— Max Dapper est mort en Haïti il y a bien longtemps. Pour tous, ici, je suis le professeur Vaillant.

— Comment avez-vous fait pour tromper tout le monde à ce point ?

L'homme se racla la gorge et s'étira la nuque. Une intense fatigue se lisait sur son visage.

— Le président Aristide avait des appuis solides dans l'appareil d'État français. En balançant Kœnig, j'ai négocié une nouvelle identité et un poste d'addictologue à l'hôpital. Ça a été facile de naviguer sous les radars pendant toutes ces années. Jusqu'au jour où vos collègues de la police ont ramené Janssen dans mon service.

— Le *padre* aurait été incapable de vous reconnaître. C'est vous-même qui me l'avez dit, son cerveau était foutu.

Une lueur malsaine s'alluma dans le regard de Dapper.

— J'ai toujours détesté Janssen et je suis quelqu'un d'extrêmement prudent. Si j'avais eu plus de temps devant moi, j'aurais fini le travail et retrouvé la fille. Mais bon, tout ça n'a plus grande importance.

— Nylah n'y est pour rien, c'est Zéphyr qui veut votre peau.

— Ce garçon est mort sous mes yeux ! s'emporta l'addictologue. Kœnig lui a logé une balle dans l'œil. Personne ne peut survivre à une telle blessure. Personne ne…

La corde qui enserrait le cou de Dapper se tendit soudain et le corps du dernier Lougawou s'éleva lentement dans l'air sous le regard terrifié de Hugo. Le médecin luttait de toutes ses maigres forces pour se défaire de l'étreinte de la corde qui lui cisaillait la nuque, tâtonnant du bout du pied pour prendre appui sur le rebord de sa chaise.

Hugo sentit ses muscles se tendre sous sa peau. Il se balança violemment d'avant en arrière et tomba lourdement à la renverse. Il releva les yeux vers Dapper, qui bataillait toujours, quand une silhouette sombre vint se placer dans son champ de vision.

Zéphyr s'accroupit près du flic et hocha la tête d'un air satisfait. Il l'attrapa par le col de son blouson et l'adossa contre le canapé avant de lui passer un pneu autour du cou.

Le masque s'assura que l'objet était correctement positionné, puis il s'empara d'un bidon d'essence et le déversa sur Hugo jusqu'à la dernière goutte.

Le flic ferma les yeux dans un geste réflexe, la morsure de l'hydrocarbure lui brûlait la peau du visage. Zéphyr se retourna vers Dapper et s'amusa un instant du spectacle.

— C'est comme ça qu'il a tué notre mère, tu sais, soupira-t-il.

Le flic était pétrifié. Jamais il n'avait vu le masque rituel d'aussi près. Ses traits déformés, couturés de cicatrices. Ces perles grossières qui dessinaient le visage d'un mort. Et ces yeux d'émeraude limpides qui le fixaient du fond de leurs orbites de chiffon noir.

— Où… Où est Nylah ? demanda Hugo d'une voix tremblante.

Zéphyr se contenta de sortir le Sig Sauer du flic de la poche de sa veste.

— Tu ne m'écoutes pas, Hugo. Dapper a pendu notre mère à une poutre de la grange et il l'a regardée mourir. Pendant ce temps-là, Kœnig s'amusait avec ma petite sœur.

— Je… Je veux voir Nylah.

Zéphyr s'agaça. Il fit monter une balle dans la chambre du Sig Sauer et plaça l'arme entre les mains liées de Hugo.

— Je vais te montrer ce que Kœnig l'a obligée à faire.

Le Français sentit l'étau des mains gantées du tueur vaudou se refermer sur les siennes et forcer son index à presser la queue de détente. La balle traversa le corps de Dapper, avant de terminer sa course dans un tableau au-dessus de la cheminée. Le visage du médecin se figea de stupeur avant qu'un dernier soubresaut n'emporte son âme au néant.

— Tu vois ? C'est comme ça que ça s'est passé. Kœnig a forcé ma propre sœur à me tirer dessus, et la balle a fini sa course dans le corps de notre mère.

Hugo baissa la tête.

— Pourquoi m'as-tu forcé à faire ça ?

Zéphyr se releva d'un bond et s'approcha de la dépouille de Dapper, qui vacillait lentement dans l'air. Il posa une main sur la cuisse du médecin et immobilisa le corps sans vie.

— Je ne t'ai forcé à rien. Tu viens de tuer un célèbre professeur de médecine avec ton arme de service. Peut-être es-tu devenu fou ? C'est ce que penseront tes collègues quand ils retrouveront ton corps carbonisé. Ils en concluront que tu t'es suicidé en t'immolant par le feu. Le coup du Père Lebrun… Ça, c'était la spécialité de Novak.

— C'est terminé, Zéphyr. Les Lougawous sont morts, tes parents sont vengés.

— Ce sera terminé quand j'en aurai fini avec toi. Si je te laisse en vie, tu continueras à traquer Nylah. Et ça, je ne peux pas l'accepter.

— Je veux juste la voir une dernière fois. Je lui ai rapporté quelque chose. Je l'ai là, dans mon blouson.

Zéphyr hésita un instant, puis il se mit à palper nerveusement le flic jusqu'à sortir un petit objet de l'une de ses poches intérieures. Il écarquilla les yeux et le retourna dans tous les sens, le souffle court.

— Où… Où as-tu trouvé ça ?

Hugo ferma les yeux et bloqua sa respiration avant de répondre. Le ton de la voix de Zéphyr venait de monter d'une octave.

— C'est la poupée de ta sœur, je le sais. Elle est tombée de ta veste quand tu as balancé mon coéquipier du toit de l'immeuble à Montreuil. Tout est fini, cette fois. Enlève ton masque et montre-moi Nylah.

Zéphyr ne pouvait détacher son regard de la poupée vaudoue, qui sembla soudain s'animer entre ses doigts et lui brûler la peau comme un tison incandescent. Il la jeta sur le sol et tituba à reculons vers le fond de la pièce.

Hugo le fixa et se mit à lui parler à voix basse, de ce ton apaisant qu'il employait pour rassurer sa fille quand elle faisait des cauchemars.

— Nylah… Tu n'y es pour rien. Cette vengeance n'est pas la tienne, c'est celle de Marinette. C'est elle qui t'a envoûtée. C'est elle qui t'a fait croire que ton frère était toujours en vie. Retire ce masque, je t'en prie. Zéphyr est mort.

Zéphyr est mort.

Trois mots.

Ces trois mots si simples que son père avait essayé de lui faire entendre en rêve et qui éclataient en elle comme des bulles de soufre à la surface d'un lac noir de souvenirs.

Zéphyr est mort.

Elle ôta le masque de chiffon et le laissa tomber à ses pieds. Hugo attendait, le souffle court. Le fantôme de Zéphyr était toujours là, tapi quelque part au fond de l'âme de Nylah. Elle erra encore quelques instants dans la pièce avant de tomber à genoux et de cacher son visage entre ses mains.

Quand elle posa à nouveau le regard sur Hugo, un autre visage s'était superposé à celui du flic, lui faisant pousser un long hurlement de colère et de douleur mêlées.

Son père. C'était son père qui lui faisait face, à présent. Son père qui se tenait devant elle, un pneu autour du cou, et qui répétait les mêmes mots d'une voix douce et apaisée.

Zéphyr est mort.

Son père qui avait essayé de la prévenir en rêve, et elle qui n'avait rien compris, aveuglée par le sortilège que lui avait jeté la vieille *mambo* dans le squat délabré.

C'était elle, Nylah, qui avait mangé l'âme du père Janssen et l'avait enterré vivant dans un terrain vague. C'était elle qui avait immolé Novak dans les sous-sols de son hôtel Val Sinestra. C'était elle qui avait enfoncé le canon de son arme dans l'œil éteint de Kœnig. C'était elle qui venait de tuer Dapper. C'était elle et elle seule.

Elle se frotta vigoureusement les yeux, et le visage rassurant de Hugo réapparut à la place de celui de son père. Elle se redressa d'un bond et se jeta sur lui.

— Marinette ! Je dois la retrouver. Elle seule peut annuler le sortilège et me libérer de l'emprise de Zéphyr.

Hugo secoua la tête.

— Je suis désolé, Nylah. Marinette est morte dans mes bras sur l'île de la Gonâve.

La jeune femme se mit soudain à rire en repensant à ce que lui avait dit la sorcière au carnaval de Jacmel. Un rire délavé de tristesse et de désespoir.

« Nous sommes à nouveau une famille. »

Elle se releva d'un bond et positionna le canon du Sig Sauer contre sa tempe.

— Alors tout est fini, murmura-t-elle d'une voix d'outre-tombe.

Hugo n'eut pas le temps de hurler. Nylah avait déjà appuyé sur la détente.

36

Paris, France
48° 50' 13" N 2° 22' 00" E

Une cathédrale liquide s'abattit sur son corps nu et la fit frissonner des pieds à la tête. Elle repoussa sa crinière rouge d'un geste de la main et offrit son visage tout entier à la cascade sacrée. Le petit garçon l'attendait un peu plus loin, assis sur un rocher au pied de la chute d'eau. Elle se décida enfin à le rejoindre. Son pas était mal assuré et elle faillit glisser plus d'une fois sur les rochers qui affleuraient le torrent. Le garçon éclata de rire dans le soleil.

Elle vint s'asseoir près de lui et l'observa de profil. L'enfant lui révéla le reste de son visage. Sa chair était brûlée de la joue jusqu'au front. Son œil gauche n'était plus qu'une orbite noircie. Elle aurait dû détourner le regard, mais le visage ravagé de l'enfant ne l'effrayait pas.

— Comment t'appelles-tu ? lui demanda-t-elle.

— Ici, les noms n'ont pas d'importance. Tout ce qui compte, c'est l'endroit où nous allons maintenant. Tu es prête à partir ?

— Je ne comprends pas. Où allons-nous ?

Le garçon se leva d'un bond et lui tendit la main.

— Nous allons te chercher des réponses. Suis-moi, il faut remonter la rivière.

Ils marchèrent le long du cours d'eau qui serpentait au milieu de la forêt et finissait sa course dans une caverne sous-marine. L'enfant plongea la tête la première dans l'eau vive et réapparut à la surface en riant.

— Plonge ! Il faut que tu plonges si tu veux savoir ce qui va se passer ensuite !

Elle hésita un instant, les pieds au bord du vide, et puis elle s'élança. Quand elle remonta à la surface, le garçon avait disparu. Elle s'immobilisa dans l'eau et tendit l'oreille. L'écho de la voix de l'enfant rebondit soudain aux quatre coins des parois de la grotte.

— Réveille-toi, petite sœur. C'est ici que nos chemins se séparent. Il est temps pour toi de retourner parmi les vivants.

Nylah savait qu'elle pouvait ouvrir les yeux, mais elle ne voulait pas quitter son rêve. Elle ne voulait pas laisser s'envoler l'image du petit garçon au visage brûlé. Elle savait qu'en reprenant conscience elle l'oublierait à jamais. Qui était cet enfant ? Et, plus important encore, qui était-elle ?

Ce fut une voix douce, presque paternelle, qui la ramena à la réalité.

— Madame Dévereaux, je sais que vous m'entendez. Je suis le professeur Huyghes, je dirige le service de neurologie de la Pitié-Salpêtrière, à Paris. Tout va bien, vous êtes en soins intensifs et nous veillons sur vous. Je vais vous prendre la main et je veux que vous serriez mes doigts le plus fort possible, d'accord ?

Le médecin ne put réprimer une grimace satisfaite quand Nylah lui broya les phalanges.

Elle ouvrit enfin les yeux.

— Que… Que s'est-il passé ?

— Vous sortez d'une longue période de coma, on va y aller doucement, dit le neurologue. Je vous confie aux infirmières du service, je repasserai vous voir un peu plus tard dans la journée.

Le médecin se dirigea vers son bureau et sortit son téléphone portable de la poche de sa blouse. Hugo décrocha à la première sonnerie.

Nylah s'était enfin réveillée après trois mois de coma. Le flic sauta dans sa voiture et roula à tombeau ouvert dans les rues de Paris, alors que le souvenir de sa conversation avec le jeune neurologue lui revenait en mémoire.

Le Pr Huyghes avait posé un cliché du cerveau de Nylah sur le négatoscope et avait sorti un marqueur de sa poche.

— Mme Dévereaux est une miraculée. La balle a pénétré dans son crâne au niveau de l'os frontal gauche, puis elle a traversé les deux lobes frontaux avant de finir sa course exactement ici, dans la jonction fronto-pariétale. Nous avons administré à la patiente un traitement antiépileptique préventif, ainsi qu'un traitement antibiotique afin d'éviter la croissance de bactéries au niveau de la plaie, ce qui aurait favorisé la prolifération de germes pathogènes dans le cerveau.

Hugo observa la minuscule masse sombre que le médecin venait de cercler de rouge.

— Et le fragment de balle ? Il est toujours à sa place ?

— Tout à fait. Et nous n'y toucherons pas pour l'instant. Les scanners cérébraux ne révèlent rien de particulier et une craniotomie pourrait lui être fatale. Pour ce qui est de sa mémoire épisodique, c'est une autre histoire, mais nous aborderons ce sujet en temps voulu.

— Sa mémoire épisodique ? Vous voulez dire ses souvenirs ?

Le médecin avait éteint la plage lumineuse et s'était rassis derrière son bureau.

— Je vais essayer de vous expliquer ça simplement. Imaginez la mémoire comme une sorte d'armoire. Une armoire composée de cinq tiroirs connectés entre eux. Le cerveau stocke des informations différentes dans chacun de ces tiroirs : la mémoire à court terme, la mémoire sensorielle, sémantique, procédurale et enfin la mémoire épisodique. C'est pour cette dernière que je me fais du souci.

— Vous craignez une amnésie totale ?

— Disons plutôt partielle et liée aux souvenirs. Mais, encore une fois, c'est beaucoup trop tôt pour le dire, et c'est déjà un miracle qu'elle s'en soit sortie. Tout ce que nous savons pour l'instant, c'est que la trajectoire de la balle a endommagé le cortex cérébral de manière définitive. Elle aura de graves séquelles quand elle se réveillera. Et, pour être tout à fait honnête avec vous, je doute qu'elle se réveille un jour.

Hugo ne put réprimer un sourire alors qu'il se garait sur le parking de l'hôpital.

Le jour était venu.

Il toqua doucement à la porte de la chambre. La jeune femme était assise dans son lit. Elle l'accueillit d'un regard absent.

— Bonjour, Nylah, je m'appelle Hugo Pétrie, je suis capitaine de police et je…

— J'ai fait quelque chose de mal ?

La question désarçonna le flic. Il se posta à la fenêtre et prit une profonde inspiration.

— Je vais vous raconter une histoire. Une longue histoire. Ensuite, je vous ferai une proposition et vous déciderez seule de ce que vous voulez faire du reste de votre vie.

Et Hugo remonta le fil du temps.

37

Île de la Gonâve, Haïti
18° 47' 59" N 72° 49' 35" W

Nylah attrapa sa gourde et balança son sac à dos sur le sol de terre battue raclée jusqu'à l'os. Elle but une longue gorgée et s'essuya la bouche du plat de la main. Elle avait beau porter le regard dans toutes les directions, le paysage qui l'entourait lui était étranger. Elle se laissa tomber au pied du flamboyant de son enfance et se prit la tête entre les mains.

— Je suis désolée. Je ne reconnais rien. Rien du tout.

Hugo jeta un regard désabusé à Mathias, qui les attendait derrière le volant du 4x4 qu'ils avaient loué au port d'Anse-à-Galets le matin même. Il se frotta les yeux et se remémora les dernières quarante-huit heures, depuis qu'il avait discrètement sorti Nylah de la Pitié-Salpêtrière jusqu'à leur arrivée à Port-au-Prince la veille au soir. Hugo avait de nouveau dépassé les bornes en exfiltrant la jeune femme de France, aidé par Niko Madsen, qui s'était occupé de lui fournir de faux papiers.

— Je te fais parvenir tout ça au consulat général à Paris sous trois jours. Tu es sûr de ton coup ? avait grogné Niko.

Hugo avait hésité avant de répondre. Ce n'était peut-être pas l'idée du siècle, mais Nylah était sortie du coma et, amnésique ou pas, elle restait coupable de meurtres.

— Je ne peux la laisser finir sa vie en taule. Elle était sous l'influence d'une sorcière vaudoue. C'est Zéphyr, le meurtrier.

Niko restait dubitatif.

— J'ai toujours du mal à avaler ton histoire de sortilège, mais le vaudou est tellement puissant en Haïti que plus rien ne me surprend. Par contre, je te préviens, Hugo : si vous remettez les pieds ici, cette fille sera sous ton entière responsabilité !

Mathias était venu les chercher à l'aéroport et leur avait proposé de les accompagner sur l'île de la Gonâve à la recherche du passé enfoui de Nylah Dévereaux. Niko, lui, leur avait réservé un accueil plus mitigé dans son bureau de l'ULCS.

— Que se passera-t-il, si elle se souvient de ce qu'elle a fait ? Et si l'esprit de son frère revient la posséder, comment feras-tu ?

Hugo n'avait aucune réponse. Il avançait à tâtons dans un brouillard de doutes, guidé par un instinct qu'il pensait enfoui à tout jamais au plus profond de lui.

Son instinct de père.

Nylah était innocente des crimes de son frère *revenan* et Hugo était bien décidé à lui offrir une seconde chance sur cette île, plutôt que de la laisser pourrir dans une prison française.

Mathias sortit du 4x4 et s'approcha du flic.

— On fait quoi, maintenant ?

Le regard de Hugo se perdit à quelques mètres de là, près du trou où Zéphyr l'avait enterré vivant quelques mois plus tôt.

— On a un dernier endroit à visiter. Et, cette fois, elle devra y aller seule.

Une forêt épaisse apparut soudain au détour d'un virage. Les frondaisons verdoyantes juraient avec l'aridité du plateau de rocailles qui s'étendait autour d'eux à perte de vue.

— Une forêt, dans ce désert ? fit Nylah.

Hugo lui jeta un coup d'œil dans le rétroviseur.

— C'est une forêt sacrée, personne ici n'ose s'en approcher. Les villageois disent qu'elle est habitée par un esprit maléfique qui aurait élu domicile dans un mapou protégé par une sorcière vaudoue.

— Une sorcière ?

— Ta tante, dit Hugo en se retournant vers elle. Marinette Dévereaux. Elle est morte, aujourd'hui, mais c'était une *mambo* très puissante sur cette île. Je ne sais pas si tu vas trouver quelque chose en retournant chez elle, mais je pense qu'il faut que tu y ailles. Et que tu y ailles seule.

Ils restèrent silencieux jusqu'à leur arrivée à la lisière de la forêt. Les deux hommes sortirent du 4x4 et observèrent Nylah qui s'éloignait vers le chemin d'un pas hésitant. Elle se retourna vers eux et leur fit un signe de la main avant de disparaître, avalée par la végétation hystérique qui délimitait la frontière du territoire magique de Marinette Gran Bwa.

18° 47' 59" N 72° 49' 35" W

Tout est plus compliqué quand on atteint mon âge. Je n'entends pas grand-chose et ma vue n'est plus ce qu'elle était. C'est pour ça que j'ai dû m'approcher un peu plus que d'habitude de la maison de Marinette. J'ai d'abord eu un peu de mal à la reconnaître, mais c'était bien Nylah qui arrivait sur le chemin.

Elle s'est glissée jusqu'au porche en écartant le lierre qui recouvrait presque toute la maison, comme si les loas *avaient encouragé la forêt à faire disparaître l'antre de la sorcière après sa mort.*

Elle est restée quelques minutes à l'intérieur, puis elle s'est assise sur les marches du perron, près de la chaise à bascule où Marinette fumait sa pipe. Elle semblait plus sereine que la dernière fois. Plus absente, aussi.

Je me suis approché encore un peu. J'aurais dû être plus prudent, mais j'avais quelque chose à lui montrer.

J'ai plissé les yeux dans le soleil et je l'ai observée quelques instants. Je revoyais son visage de petite fille. Ses longues nattes que sa mère passait des heures à tresser, ses grands yeux verts emplis de douceur qu'elle posait sur nous et qui réchauffaient nos cœurs comme un soleil d'été.

Elle était devenue une très belle femme. Je me suis demandé à quoi aurait ressemblé son frère s'il avait pu devenir adulte lui aussi.

Et c'est à ce moment-là qu'elle m'a vu.

J'ai reculé lentement quand elle s'est mise à marcher dans ma direction. Elle semblait bien décidée à me voir de plus près. Je l'ai laissée faire jusqu'à ce que nos regards se croisent. Ses grands yeux verts semblaient bien vides, à présent, comme une page blanche qu'on arrache d'un livre et qui s'envole au vent.

Peut-être ne fallait-il pas que je lui montre la vérité ?

J'avais décidé que si.

J'étais désormais beaucoup trop vieux pour veiller sur Zéphyr.

Je lui ai tourné le dos et je me suis enfoncé dans la forêt. Je me retournais parfois pour vérifier qu'elle me suivait toujours.

Nous avons marché comme ça jusqu'au grand mapou au pied duquel je m'endormais tous les soirs depuis toutes ces années. J'ai attendu qu'elle s'approche sans bouger d'un pouce. Je n'ai rien dit non plus quand elle m'a pris dans ses bras. J'ai posé ma tête au creux de sa main et je me suis mis à ronronner pendant qu'elle me disait tout bas des mots auxquels je n'entendais rien.

Moi, je regardais la course des nuages qui se reflétait dans ses yeux. C'est à ce moment-là qu'elle a vu la planche de bois séché.

Elle m'a reposé délicatement sur le sol et s'est accroupie au pied de l'arbre pour dégager les herbes folles qui recouvraient les mots.

RAT MANJE KANN, ZANDOLIT MOURI INOSAN.

LES INNOCENTS PAIENT POUR LES COUPABLES.

REPOSE-TOI, MON 'TIT ANGE CARAMEL.

NOVEMBRE 2008

Elle les a lus et relus jusqu'à ce que les lettres marquent son âme au fer rouge, puis elle s'est retournée vers moi, les yeux brouillés de larmes.

— Tu t'appelles Lucius.

Je crois qu'à cet instant elle s'est souvenue de tout.

Voilà. Fin du voyage en Haïti, même s'il y a encore un million de choses à dire et à écrire sur cette terre abandonnée par le reste du monde et par la mémoire coloniale française en particulier.

Au moment où j'écris ces mots, le pays est plus que jamais au bord du gouffre. L'annonce de la hausse des prix des carburants a déclenché de nouveaux pillages et des affrontements meurtriers. Et, comme si cela ne suffisait pas, l'épidémie de choléra introduite par les Casques bleus en 2010 est de retour sur le sol haïtien. Le manque cruel d'eau potable et d'hôpitaux fonctionnels n'arrange rien à ce qui s'annonce comme une énième catastrophe sanitaire.

Alors pourquoi une intrigue dans une telle poudrière ? Pourquoi s'intéresser à cette fameuse « première république noire » pétrie de traditions et de magie, déchirée par la violence chronique des hommes et des catastrophes naturelles qui n'en finissent plus de s'abattre sur le pays ? Et surtout pourquoi s'attacher à ce territoire et à ce peuple qui n'intéressent plus grand monde, à l'heure où nos regards occidentaux sont tous braqués sur une menace qui vient de l'Est ?

Je n'ai pas de réponse.

Ou plutôt si.

Ce bout de terre multicolore et les gens qui y vivent m'ont inspiré.

C'est à eux que vont mes premiers remerciements. À eux, et à Jean D'Amérique, écrivain et poète haïtien dont les mots magnifiques ouvrent ce livre. Des mots qui m'ont percuté de plein fouet et m'ont hanté tout au long de ce voyage immobile au cœur des Caraïbes.

Et puis il y a d'autres mercis.

Merci à Claire Favan, ma marraine de polar (ou ma bonne fée, ça marche aussi !).

Merci à Marie, mon éditrice, qui m'a accompagné avec enthousiasme dans la dernière ligne droite de ce roman (et qui a trouvé le plus beau titre qui soit à cette histoire). Merci à Alexane, Frédérique et Anne d'avoir traqué les dernières coquilles et incohérences. Merci à l'équipe de HarperCollins France pour son accueil : une maison d'édition, c'est d'abord une maison et je m'y sens déjà bien.

Merci à mes précieux primo-lecteurs : Anne-Marie Charlès, Jean-Pierre Gourmelon, Christophe Jard et Bruno Charlès pour ses précieux conseils en balistique. Merci à Annaik Kerneuzet et à la Librairie Dialogues de Brest pour leur soutien sans faille, Audrey et Nicolas Nutten, Jacques Saussey pour ses conseils avisés, Pierre Pouchairet pour sa générosité. Un grand merci à vous qui arrivez au bout de ces lignes : lectrices et lecteurs, blogueuses et blogueurs, libraires et… libraires.

Enfin, il y a Lucius…

Il ne s'appelait pas comme ça, bien sûr, mais il a bel et bien existé. Son vrai nom, c'était Bob. Il m'a faussé compagnie l'année dernière après m'avoir supporté pendant près de vingt ans.

Ce n'était pas qu'un chat, c'était un roi.

Composé et édité par HarperCollins France.

Achevé d'imprimer en février 2023.

FIRMIN-DIDOT

à Mesnil-sur-l'Estrée (Eure)

Dépôt légal : mars 2023.

Pour limiter l'empreinte environnementale de ses livres, HarperCollins France s'engage à n'utiliser que du papier fabriqué à partir de bois provenant de forêts gérées durablement et de manière responsable.

Imprimé en France